台湾航路

同化政策にあらがった陳澄波と藤島武二

長者町 岬
Chojamachi Misaki

田畑書店

台湾航路――同化政策にあらがった陳澄波と藤島武二◎目次

カバー装画＝陳澄波「満載而帰」

この小説は、日本が占領下台湾に課した同化政策にたいする弁明である。

台湾航路——同化政策にあらがった陳澄波と藤島武二

1　嘉義《ジャーイー》の街

「こんど帝国美術院展覧会[1]に挑戦したいんですが、台湾の故郷を描いた西洋画で、応募してもよろしいでしょうか？」

「台湾」といいかけて、訊かれた教師は言葉を飲み込んでしまった。

これまで帝展の審査で、アジアの風景が描かれているからといって、問題視されたことはない。それに教師は、この学生が自分の専攻した外来の西洋画で故郷を描きたいと思う気持ちも理解できた。

教師自身にしても西洋画で、日本や東洋を描こうと腐心してきた。だからヨーロッパ留学する前から、絵の着想を正倉院御物の箜篌《くご》を奏でる天平美人[2]に得てみたり、フランスやイタリアから帰国した後は、モデルに洋装の麗人だけではなく、チャイナドレスの女も加えてきたくらいだ。

しばらく前に、隅田川の雪景色を描いたことがあった。教師は江戸の風情を懐かしんだわけではなく、川縁《かわべ》りにぽつんと番屋があるだけの寒々しいさまにひかれたのだが、そのときも、カンヴァスに油絵具で描いても、画箋紙(3)に墨と岩絵具で描くのと同じような情趣を出せないものかと試みている。自分が生まれた国への西洋画の移植は、ヨーロッパ留学してきた先輩画家たちに共通する思いだったが、彼もまたそれに連なるひとりなのだった。

だから、学生が応募作の主題を自分の故郷にしたいといってきたとき、教師は「それはいいね」と応じてやりたかった。

しかし、訊いてきたのが台湾から内地留学してきた画学生であることに思い至って、不安が一瞬胸によぎった。日本人が台湾の風景を描くのならば、誰も怪しまない。いまでは台湾は日本の一部(4)なのだから。だが彼は日本人ではない！

最近のように日本統治にたいする反感が高まっている時局下で、台湾人が故郷の風景を描いて帝展に応募してくれれば、それは反日メッセージの暗喩と見なされかねない。そう気づいて、彼は黙ってしまったのだった。訊いてきた留学生にしたって、時代のそんな気配を察してのことだったにちがいない。

学生の名前は、陳澄波《チエンチエンポー》[5]。台湾中部の嘉義《ジャーイー》[6]という街の生まれで、地元の小学校で教師をしていたが、画家になる夢を絶ちがたく、二十九歳にもなって、しかも妻帯していたのにもかかわらず、東京美術学校[7]に留学してきたのだった。

実は、この学生のように、絵を学びに台湾からやってくる青年たちはすくなくない。《彼らはなんだって美術なんかを選ぶんだろう。東京で医学を修めて帰国すれば、医者は政治的に中立だから身の安全を計れるし、生活の苦労だってしなくてすむというのに……》と教師は独りつぶやいた。

2 陳澄波《チエンチエンポー》

一九二四年（大正十三年）三月、台湾の基隆港《キールン》[1]。

船が岸壁を離れてから一時間が経った。港は曲がりくねった入江の奥にあるので、船が陸地から遠ざかるまでには時間がかかる。台湾航路[2]に就航するこの船に、陳澄波が乗っていた。陳にとっては、はじめての内地（日本）行きだ。旅の目的は、もちろん東京美術学校への入学だった。

彼の切符は三等だった。船室は甲板よりも下にあったので、部屋の小さな丸窓には荒れる東シナ海の波しぶきが飛んできた。

陳は西洋画のなかでも、とくに油絵《あぶらえ》に引かれていた。もし誰かがなぜ油絵が好きなのかと訊いても、彼は答えられなかったにちがいない。ともかく油絵具の匂いが好きで、油絵具の重厚感が好きだった。要するに、油絵は彼の愉しみなのだった。

だから妻が、「心置きなく東京に行ってきてください。お留守のあいだは、わたしが針仕事をしてなんとかします。でもあなたは帰ってから、この国の人たちにどんなご恩返しをするんですか？　そのお気持ちを心の支えにして、わたしは頑張ります」と訊いてきたときも、彼は若者らしい健気な調子で、祖国への貢献を語ることができなかった。

それでは陳澄波が、画家志望の青年にありがちな、自分は社会に溶け込めないという自閉の気持ちに囚われていたかといえば、彼はそんなに線が細くはなかった。実際、彼が絵筆をもつとき、そこには台湾人の暮らしや営みを記憶しておきたいという、いわば台湾という共同体への愛着があった。

ただその愛着は、同胞と胸襟を開いて口角泡を飛ばすというような熱いものではなく、片思いのように彼らを遠くから見つめているといったたぐいのものだった。しいていえば、愛国心ではなく望郷心だった。それで彼は、東京留学の効用を声高に話すことなどできないのだった。

こういう性向が、留学後の陳澄波の運命を方向づけていくことになる。が、もちろん彼はまだそんなことを想像すらしていなかった。それよりも、彼は現実的な不安でいっぱいだった。東京美術学校の入試に受かるだろうか、入学できたとしても差別を受けないだろうか、東京で安い下宿が見つかるだろうかといったことごとである。

基隆を午前十時に出た船は、翌々日、九州の門司《もじ》に寄港してから、瀬戸内海を通って四日目の朝、神戸港に着いた。下船した彼は夜行列車に乗って東京に向かったので、基隆から東京までの旅程は四泊五日だった。

陳澄波は東京美術学校に首尾よく合格できた。こんな裏事情は、ことさらいわなくてもいいのだろうが、彼が志望したのは図画師範科(3)で、これは西洋画科(4)ほど志願者倍率が高くなかった。しかも、試験科目がデッサンだけの特別生として選考してもらった結果だった。

図画師範科の修業課程は、西洋画科などが五年であるのにたいして、三年と短かった。

その結果、彼には西洋画科の教授から手ほどきを受ける機会はめぐってこなかった。それでも、高名な教授の謦咳《けいがい》に接してみたいという彼の思いは募っていった。しかも学内は狭いので、遠くにそうした教授を見かけることは日常茶飯だ。そこで蛮勇をふるって、冒頭のように、彼は藤島武二(5)教授の研究室を訪ねたのだった。

3　真精神《エスプリ》

教授の研究室は本館の二階にあった。本館は木造二階建てで、屋根は入母屋の権現造り(1)だった。陳澄波《チェンチェンポー》は擬古的に過ぎるんじゃないかとつねづね感じていたが、正面玄関をくぐるとき、四本の丸柱がギリシャ神殿の列柱のように、中央が膨らんでいることに気づいて、微笑んでしまった。和魂洋才などと意地を張っていても、西洋文明に憧れている日本人の本音を見たような気がしたのだ。

藤島教授は折りよく在室していた。仕事が一区切りしたので、本館の前にある古い欅の木を見ながら、煙草を吸っているところだった。

教授にとって、陳の来訪はもちろん唐突だった。が、嫌な感じはしなかった。陳の自己紹介や話の切り出しかたが、最近の若者とちがって、雑駁《ざっぱく》でも理屈っぽくもなかったからだ。例の「帝展に、郷里を描いた西洋画で応募してもよろしいでしょうか?」という質問は、真剣に助言を求めているのか、それとも自分に親しく接してもらいたいという気持ちの遠回しな要求なのかはよく分からなかったが、どちらにしても、陳が大上段に振りかぶって、芸術論を挑んでこなかったところに好感がもてた。

近頃の学生には、日本人にしても、台湾や朝鮮からの留学生にしても、教師に食らいつくだけで、本も読まずに西洋画の本質を直輸入しようとする安直なタイプが多い。しかし陳の話しぶりには、そんなところがなかった。

陳は背が低く、四角い顔をしている。平たくて広い額《ひたい》。大きくて丸い目。張り出した顎《あご》。それらが彼に、漫画本にでてくる鬼の子供のような、愛らしい印象を与えていた。台湾高地族(2)の出身者にはこういう風貌の人が多い。本人は、父親を清朝の人物だといっていたが、もしかしたら母親が高地族の血を引いていたのだろうか。

話が進むと、この闖入者《ちんにゅうしゃ》はものおじすることなく、「先生はヨーロッパから帰国して、日本が以前とちがって見えましたか?」と訊いてきた。教授は陳が知りたがっていることを察した。西洋画が日本の風土になじんで、どう変容したかを推しはかろうとしているのだ。教授はこの学生のいちずな眼差しを見ているうちに、自分の来し方を思いだした。

《渡欧したとき、わたしは後期印象派のような最新の芸術思潮に傾倒しなかった。むしろ、イタリアに行ってみて、ルネッサンス前後の絵画に大いに触発された。西洋画の古典技法に魂《たましい》がふるえたのだ。画家の内面に去来する想いをキャンバスに定着させるのが現代芸術の本流であるとすれば、わたしの興味は傍流であるのかもしれない。

だが、修得した技法でなにを描くべきかは、帰ってから考えても遅くはない。日本にだって四条派[3]や文人画[4]のように、庶民のいだく詩情を描いてきた絵があるではないか。渡欧した先輩たちも、そう考えていたはずだ》

藤島教授は陳に、「わたしの絵が帰国後に変わったという人もいます。でも、どうでしょうか？　バタ臭い味つけになった婦人像や風景画もありますが、それは油絵具の使い方に習熟したからだと思います」と答えた。

「先生は西洋画を、技法として見ているということですか？」

「ヨーロッパで発展してきた絵画に、その真精神とでもいうべきものがあるにしても、わたしはまだそれがなんであるのか分かっていません。だからいまは、まず技術として深めようとしているのです。それに、日本を見るわたしの目は留学以前のままです」

「そうなんですか」

「むしろかつては思い込みで見ていたものを、実際に国内各地や朝鮮にも行くようになって、深く掘り下げて日本を見るようになってきました。いわば、多少なりとも洋の東西を客観視できるようになったと思っています。そんなわたしの目が熟成して、西洋画の真精神――わたしは『日本精神』のようなイデオロギーと混同されたくないので、フランス語で『エスプリ』と呼んでいます――を摑めるといいのですが」と教授は言い足した。

台湾から来た若者は教授の説明が率直なことに、すこしひるんだ。その社会的立場からして、教授は極東の小国が西洋芸術に呑み込まれない方策を、戦略的に考えているのだろうと想像していた。ところが教授の話しっぷりときたら、まるで画学生がそのまま巨匠になったように謙虚ではないか。

《あんなに根が純情ならば、藤島先生の画業を、そのまま台湾に移植してもいいかもしれない》と陳は思いはじめた。しかし、最後にもうひとつ確認しておきたいことがあった。ここまで踏み込むと、煙たがられて、もう相手にしてくれなくなるかもしれないが……と案じつつ、

「先生は『やまとごころ』(5)を信じますか？　あれは西洋画を描くときも、精神的な拠りどころとなるものなんでしょうか？」と訊いてみた。訊いたそばから、陳は後悔した。しかし豈図《あにはか》らんや、教授はさっきよりも丁寧に答えてくれた。

「わたしは『やまとごころ』を、若いときに郷里の鹿児島で習った四条派の画から体得しました。それは枕ことばのようなものでしたが、十八歳まで日本画一辺倒でしたから、『からごころ』(6)とのちがいはなんとなく分かります。でも大人になってから、いまもいいましたけど、それがイデオロギー化された日本精神として聞かされるようになると、わたしは言葉のあやではなく、本心からうんざりしました」

「そんなことを主張する政治結社でもあるんですか？」

「宮内省のお役人たちですよ。きみは帝室技芸員[7]なんて知りませんか？　伝統芸術を護る目的で、日本画家や工芸家が任命されるんですが、最近ではわたしや、同僚の岡田三郎助[8]君も候補者に取り沙汰されているらしく、困っています。こんなことは日本人にはいえませんが、あんなものに就いたら窮屈でしょうね」

「宮内省は、西洋画まで伝統絵画だというんですか！」

「そこいくと、きみの故国にはこんな窮屈さはないでしょう。羨ましいですね」

「化外《けがい》の地[9]（中華文明の域外）、美麗島《フォルモサ》、大日本帝国の外地《がいち》と、呼び名が変転してきた国ですから、『台湾精神』なんてものが形成されるいとまのあったはずがありません。そのかわり、異国芸術を移植する者には、それが台湾文化にどんな利益をもたらすのかという、より実利的で厄介な問いが待ち受けていますけどね……」

話が深みにはまってしまった。教授は自分から陳に質問してみた。

「きみは台湾に西洋画を、技法としてではなく、日本の伝統絵画としてもちかえろうとしているのですか？」

「そこが悩みの種なんです。先生がおっしゃるように、台湾には西洋画を描くときの拠りどころとなる精神がまだありませんから」

「しかし日本の伝統を借りて、台湾精神をつくれば、面倒なことになりませんか？」

「先生のお訊ねは、台湾のアイデンティティづくりに、日本の伝統は役立つのかということですよね。それだったら、二種類の人がいます。脳天気《のうてんき》な西洋礼讃者は、芸術至上主義[10]に心酔しているので、日本の伝統など歯牙にもかけません。

面倒なのは、もう一方の人たちです。彼らは日本画壇に権威を認めているので、帝展に倣って台湾絵画を育成すれば、台湾精神の醸成に役立つと考えています」

《しかしきみ、アイデンティティという言葉を使うのは危険じゃないですか？　そこに立ち入ると、台湾の絵画に国粋主義[11]を呼び込む怖れはありませんか？》と教授は危惧したが、それを言葉にするのは控えた。目の前の留学生が、大好きな油絵を学ぶのにも、こんなに配慮しているのを見て、この話は深追いすべきではないと感じたのだ。

《しかし彼の配慮は、ともすれば芸術が政治に巻き込まれる遠因にもなりかねない。中国の絵画が儒教倫理と結びついたとき、勧戒画《かんかいが》[12]が生まれて親孝行や貞女、はては忠臣が称讃されてきた。それを継承した日本の狩野派も、いまだに閻魔《えんま》さまや鍾馗《しょうき》さまを描いて、民衆に世俗道徳を説く片棒をかついでいる。絵画が芸術以外に価値を求めだすと、こういうことになるんだ。台湾の画家たちが、台湾総督府[13]や国民党[14]の息のかかった連中と結託すれば、故国の山河を描いた西洋画が愛国の象徴にされないともかぎらない》

藤島教授が陳澄波から受けた印象は、おおむねこんなところだった。でも彼は、しばらくはようすを見守ってやってもいいんじゃないかと思った。自分にしたって留学から戻ってこのかた、この国で西洋画を描く必然性はあるんだろうかという懸念が、心の片隅で燻《くすぶ》りつづけているんだから。《留学から戻って十五年。わたしは西洋の絵を、なんとか日本の絵に翻訳したつもりになっていたが、陳のやつ、あんなことを訊きおって。彼の目には、わたしの油絵はギリシャ神話にでてくる馬と人間が合体したケンタウロスや、牛と人間が合体したミノタウロスのように見えているのだろうか？　わたしの絵がよしんば寄り合い所帯だとしても、せめて人魚のように愛らしく見えているといいのだが……》

§

一年が経った一九二六年の秋、藤島教授は帝展の入選者を発表する掲示板を、しみじみと見ていた。そこに陳澄波の名前があったからだ。作品名は「嘉義街外」(15)。あのとき来た無鉄砲な青年は、短時日に初志を貫徹してしまった。

教授はその年の帝展でも審査員をつとめていた。十年以上も前から、しばしば文展・帝展の審査員を依嘱されてきたので、取り立てて思うところもなかったが、応募作に陳澄波の絵を見つけたときには、いささか驚いた。だが、決して身びいきはしなかった。陳は自分の力だけで、台湾人画家として初の帝展「西洋画」部入選という栄誉を勝ち取ったのだった。

その絵には、嘉義の国華街という通りを街外れまでいったところに点在する家並みが描かれていた。国華街は商店の並ぶにぎやかな通りだが、端まで行くと、そこはどこにでもあるような住宅地であるらしい。絵の前景には、上水道か下水道かを敷設する道路工事のようすが描かれていた。風景画というには一風変わっていた。

見る人が見れば、屋根の反り返ったかたちからそこが台湾の街だと分かるにしても、しかしインフラ整備が進む東京の山の手風景だといわれれば、そうと思えなくもない。つまり陳澄波はこの絵で、「台湾旅行案内」の写真のように、台湾の地方色《ローカルカラー》を印象づけようとしているわけではなかった。

一九二六年の帝展審査員の顔ぶれには、西洋画部では和田英作[16]、岡田三郎助、中村不折[17]、小林萬吾[18]、石橋和訓[19]、石川寅治[20]、太田喜二郎[21]、和田三造[22]、吉田博[23]、辻永[24]、牧野虎雄[25]、三宅克己[26]、そして藤島武二の名前が並んでいた。

審査は合議制なので、台湾人留学生の絵が初入選した理由は、並み居る重鎮たちに訊いてみないと分からない。だが、教授は近頃の帝展の傾向として、定番の肖像画、裸婦、静物、景勝地のほかに、鉄橋、鉄塔、そして鉄筋コンクリート造りのビルといった現代的建造物を描いた絵が目立つようになってきたことを思い出した。陳の道路工事の絵も、その文脈で興味をもたれたのかもしれないと推測したのだ。

もしもほんとうに陳が、建造物の現代化に新しい情趣を発見する風景画を描いて、自分の絵が反植民地運動の暗喩と見做されるのを回避しているのだとしたら、この若者には侮《あなど》れないところがあるなと思った。

4　入選祝賀会

帝展の入選者発表があった日の夜、陳澄波の快挙を祝して台湾人留学生たち七、八人が、根津の居酒屋に集まってきた。誰もが陳の努力をたたえた。ある者は、彼がよくぞ短期間に油絵技法をマスターしたものだといった。またある者は、彼の絵の本領は技術ではなく、むしろ緻密さにこだわらないで、伝えたいことをゴッホのようにストレートに押しだす、その大胆な描写にあるといった。こうして集まった留学生たちは、称賛と羨望の入り交じった気持ちで、新しい帝展作家の誕生を祝福しつつ、異郷での同胞意識を深めていった。

食卓の上に高粱酒《こうりやんしゅ》(1)の空き瓶が何本も並び、宴もたけなわとなったころだった。廖継春《リャオジーチュン》(2)という若者が、

「今回の快挙は陳澄波にとってのみならず、台湾の文化にとっても価値ある一歩だ。これがきっかけで台湾の富裕層は西洋画の魅力に目覚め、パトロンになってくれるだろう。台湾の文明開化が一気に進むはずだ。それが嬉しい」と発言した。廖は、陳と同じ図画師範科の三年生である。もっとも年齢は、陳の七歳下だった。

これは聞き流せば、貧乏学生が、自分の絵が売れて欲しいという心情を吐露しただけの他愛のない話だった。しかし一座のなかにいた王白淵《ワンペイユアン》(3)という男が、この発言に嚙みついた。王も図画師範科だったが、一年前に卒業している。年齢は、王と廖は同い年だった。

「おれたちは、金持ちを喜ばせるために西洋画を描くのか？　おれは自分の絵が、金持ちに気に入られなくたってかまわない。それどころかおれは絵を描くとき、いつだって貧乏人のことが頭から離れない」

王がこう文句をつけると、

「なんだ、ずいぶんとセンチメンタルなことをいうじゃないか。お前はおれが、ブルジョワの手先だとでもいうのか。おれだって、いま学校内を席巻しているプロレタリア絵画(4)には引かれているさ。だいたいお前は、すぐに正義をふりまわす癖がある」と廖が反駁した。

「おれが生まれた二水郷《アルシュイ》(5)の町には、掘っ立て小屋同然の店で小間物を売ったり、野菜を行商してその日暮らしをしている人たちがいる。彼らにとって富裕層から施される西洋文化なんて、なんの意味があるんだ」

「そんなことをいうなら、お前は貧乏人を助ける法律や医学を選べばよかったんだよ。なんだって、台湾の民衆にとっては毒にも薬にもならない西洋画なんかを選んだのか！　おれは富裕層が西洋画を蒐集するようになれば、それが引き金になって社会の近代化に拍車がかかるといっただけじゃないか、それのどこが悪いんだ？」

　すると王は、そら見たことかという顔をして、語気をつよめてこういった。

「気がつかないのか、お目出度《めでた》いやつめ！　そういう理屈、つまりだな、富裕層の経済活動が活発になると、雫が落ちるように、そのおこぼれがいずれ貧困者にもいくという考え方、それ自体が支配者の論法なんだよ。お前なんか、高等遊民のお坊ちゃまだ」

「なにを、もう一遍いってみろ！　きれいごとばかりいいやがって。だったら、おれたちは絵をどうやって売っていけばいいというんだ」

　固唾《かたず》呑んで二人の口喧嘩を聞いていたみんなの我慢が限界に達しようとしたそのとき、陳植《チエンジー》棋《チー》(6)が止めに入った。「いい加減にしろよ。いつの間にか話が横道にそれてるぞ！」

　植棋は画学生の仲間うちでは、若いけれども切れ者だと目されている。彼は西洋画科の二年生で、年齢は王の四歳下だった。

「王白淵、あなたは〝富裕層〟という言葉が廖の口から出たんで、頭に血が上ったんじゃないか。彼はそもそも金持ちと貧乏人の階級格差になんか関心をもってないよ。百歩譲って、階級社会を廖が世故たけた調子で泳ぎまわろうとしているにしても、だからといって、彼はそいつを転覆させようなんて夢想だにしていない。廖は革命家じゃないんだから」

「だったら陳植棋、きみはぼくが革命思想に取り憑かれているというのか？」

「そうはいってません」

「じゃあ、きみにはぼくがどう見えているんだ？」

「それはご自身がいちばん分かっているのではないですか。白淵、あなたは大日本帝国の役人や、彼らと結託している台湾の知識人や商売人に刃向かっているけど、彼らの権力を革命によって奪おうとまでは考えていないでしょう」

「そうだな。植棋のいうとおり、ぼくは革命運動に身を投じるつもりはない。だけど、貧富の差には腹が立つし、それを黙って受け容れるしか仕方がない台湾の現状には苛立っている。この島に生まれてしまったことで、努力をしても将来に展望をもてない民衆の心情を、ぼくは絵画や文学で掬い取りたいんだ」

「そうでしょうね。だからぼくは、廖にたいするあなたの論難が横道にそれているといったんです。白淵、あなたが肩入れしたいのは、弱者たちの心に芽生えつつある精神的抵抗なんですよね！」

「いわれてみれば、ぼくは権力闘争なんかしたくない。ぼくは自分たちの道徳と良心を根拠にして、やつらへの『不服従』を叫ぼうとしているだけなんだ。最近、こんなものを書いたよ」
　そういいながら、王白淵は立ち上がって、帆布製の肩掛けかばんから大学ノートを取りだした。そして読みはじめた。

「今晩、ほんとに妾《あたし》の気持ちを貴方に打ち明けます。妾は幼い時から貴方の處《ところ》へ来るやうに運命づけられました。十九の春に貴方の處へ来てからもう三年になります。子供も一人出来ました。併《しか》し妾は、一日たりとも貴方をほんとうの夫だと意識することが出来なかつたのです。貴方の胸に妾の姿を見出そうとすればするほど、貴方は遠く

山本朔子「東京に内地留学してきた台湾の画学生たち」（2024 年）

妾を離れて行きます」

「それは初耳だ。大体そんなことがあらう筈がない。ちやんとお前は正式に私の妻であり、私はお前の夫になつてゐる。それを認めないものは天下広しと云へど、恐らくお前一人のみだらう」

「成程《なるほど》、法律上妾《あたし》は貴方の妻であり、貴方は妾の夫でせう。そして社会の多数の人々もさう信じて居ります。併《しか》し妾は今になつてはつきりと分かりました。妾は生活を奪われた人形であり、子守であつたのです。そして三箇年の永い間、自分の心霊を虐待し、私共の関係を冒瀆して来たのです」

「どうしたんだ。秀英――僕がお前を愛してゐないと云ふのか。それとも何か不満な点でもあつたのか？」

「妾《あたし》は貴方ばかりを責める気にはなれません。妾は地球が生んだ謎の二足動物に対して凡《すべ》て不満をもつてゐます。女性の創造と思索の自由とを否定する現代の社会に対して、心からの憎悪を感じます」

「お前そんなことを云つたとて、今更始らないぢやないか。第一にお前は妻であり母である。それがお前には呑み込めないのか」

「あなた、それは男の立場から見た場合のことでせう。第一に今の女性は人間でありたいです。自分の意欲を持つた生活體でありたいのです。今まで妻や母の骸《むくろ》であつたかも知れませんが、人間ではなかつたのです」

「今迄お前を買ひ被つてゐた。お前をおとなしい妻であり、善良な母であると思つてゐた。併《しか》し今頃のお前を見ると、一寸もなつてゐない」

「貴方の目にそう見えるのも無理はないでせう。妾《あたし》とあなたとは永遠に相交わることの出来ない平行線であり、永久に相会することない違つた軌道を持つた二つの星です。妾、明日から実家へ帰つて参ります」

「実家へ帰つて何をするんだ。用事もないのに」

「しばらく貴方を離れて、一人で考へたいと思つてゐます。そして私と貴方と、どちらが正しいかを考へて見ようと思つてゐます」

これは、王が三ヶ月前に書いた「偶像の家」という小説の一節だった。彼が読み終えると、それまで黙っていた陳澄波が口を開いた。彼は、絵の道を諦めてしまうらしいという噂のある白淵のことをなぐさめたいと思った。

「みんな、白淵の小説に乾杯しよう」

全員が台湾式に「乎乾啦《ホッダーラ》！」と大声をあげると、襖の向こう側から不思議な沈黙が伝わってきた。居酒屋の酔客たちが、隣りの座敷で騒いでいるのは台湾の若者たちだと気づいたらしい。澄波がみんなに目配せをして、これ以上騒ぐとやばいぞと合図した。そして、話をもとに戻した。

「白淵、きみの気持ちがそこまで進んでいるとは知らなかったよ。『不服従』ってやつだね。ぼくも台湾の民衆に不服従の精神を感じることがあるよ、というより彼らの気持ちに、ぼくのほうからそれを期待しているということかな」

「じゃあ、きみはこれからどうするんだ？」

「それは分からない。でもぼくは、民衆と『連帯』したいんだ」

「連帯⁉ 聞き慣れない言葉だな。彼らと徒党を組むってことか？」

「あくまで精神的にだけどね。だから今回の嘉義の街はずれの絵でも、人夫たちが水道工事をしているところを描き加えたんだ。台湾人たちの息づかいというのかな、自分たちの生活を自分たちで築こうとしている自立自存の気概を示そうと思ったんだ。これって、ぼくの甘っちょろい感情移入だといわれれば、それまでだけどね」

「あの絵に、そんな意図があったのか。だったらおれたちは、同じ穴のムジナだな」と、王が分かってもらえて嬉しいというような顔をした。

「別に悪事の共犯者じゃないんだから、おれたちは同志ってところでいいんじゃないか」こういって、澄波も白淵との絆を深めようとした。

しかしだな、――澄波は残っていた胡瓜に、手際よくもろみ味噌をのせて口に運ぶと、こう補足した。

「白淵、きみの気持ちは要注意だぞ。ぼくもやり過ぎには気をつけているんだけど、不服従ってやつは、まかり間違えば武力闘争に転化しかねない。最初は啓蒙の書として出版されたフランスの『百科全書』[7]だって、しだいに古い世界観を打ち破り、革命を推進する力になっていたじゃないか」

「おれの小説が『百科全書』に匹敵すると褒めてくれるのか？」

「バカヤロウ、調子にのるな」といってから、澄波はつづけた。

「白淵、きみはさっき妻の秀英に、『女性の創造と思索の自由とを否定する現代の社会に対して、心からの憎悪を感じます』といわせていただろう。精神的抵抗に目覚めたことで、主人公の気持ちは夫からの独立へと昂進していったじゃないか。不服従と独立闘争とは紙一重なんだよ。秀英を台湾人に、その夫をオランダや清王朝、そして最近の大日本帝国に置き換えてみれば分かるだろう」

「澄波、きみはぼくが、日本との独立闘争に踏みだすんじゃないかと心配しているのか？　その道程は、台湾内部での階級闘争よりも苦しい棘《いばら》の道だというんだな」

「絵描きのおれたちは、絵筆を銃にもちかえることなんてできないだろうけどね。ただ、絵描きの進むべき道としても、ぼくには迷いが生じている。今回は帝展に入選できたけど、これってほんとうに栄誉なんだろうか。もしかしたら、日帝に懐柔されているだけなんじゃないだろうかって」

さっきの陳植棋《チェンジーチー》が、遮ってきた。

「澄波、そんな考えにはまり込んではいけないよ。帝展入選は快挙に決まってます。もしそうじゃないというなら、あなたはどうして東京美術学校に内地留学なんかしてきたんですか。日本からの独立を唱えるんなら、日本人の描く西洋画なんかを学ばなければよかったんだ。油絵が好きで、いてもたってもいられなかったという、自分の原点を見失っているんじゃないですか？」

「そうかな」

「そうですよ。あなたは日本人に強制されたわけじゃない。油絵が好きで東京に来て、帝展にも自発的に応募したんでしょ。初心忘るべからず!!」

植棋は酔っ払っても、話の道筋が乱れない。さらに説教調で、

「でないと、藤島先生がぼくらに教えてくれる西洋画だって、植民地を宣撫《せんぶ》する[8]宗主国の『同化政策[9]』だと思えてきますよ！　東京美術学校の設置にしても、帝展や台湾美術展覧会[10]の開催にしても、日帝[11]の精神からすれば、大東亜共栄圏[12]構想の一端でしかないんだから。しかし、藤島先生を疑ってはいけません」とつづけた。

「ぼくは、藤島先生の指導にそんな政治的意図があるとは思ってない。植棋は、ものごとを極端まで突き詰めすぎるよ」

こういって、陳澄波はその場の嫌な緊張感に終止符を打とうとした。《第一、みんなが集まってくれたのは、ぼくの入選祝賀が目的だったんじゃないか》と彼は自分にいいきかせた。しかししばらくすると、彼は自分の白淵にたいする忠告が、実は自分の心にわだかまっていた懸念の吐露であったことに気がついた。

《台湾人の自立自存を過剰に期待するのは危険だ。彼らに不服従の気概をもって欲しいという願望が裏切られたとき、つまり台湾の西洋画が日本の亜流から抜けだせないとき、おまえはその落胆をどうやって癒やすんだ？》

この懸念は、ながく陳澄波の心に残りつづけた。

5　同化政策

池袋と所沢を電車で結ぶ武蔵野鉄道[1]の沿線は、池袋を発って長崎を過ぎると、桑畑、茶畑、草の繁った空地や、その向こうに樹林地が目立つようになった。田んぼは、線路が丘陵の尾根づたいに敷かれているので見えなかった。

陳澄波はつぎの江古田[2]で降りて、前もって池袋の不動産屋で教えられていたとおり、線路の北側の路地を進んでいった。そのアパートはすぐに見つかった。彼はこの日、「いま間借りしている谷中より、池袋郊外のほうが安いらしい」といううわさ話を頼りに、新しい下宿先の下見にきたのだった。

そこは木造モルタル二階建てで、お世辞にも瀟洒とはいえない建物だったが、なんといっても安さが決め手のところだった。それに、一階の大家の玄関とは別に、二階に上る階段がアパートの中央にあったので、出入りを大家に干渉されなくてすみそうなのがよかった。二階には四畳半の小部屋が左右に三つずつあり、その奥に炊事場と共同便所があった。

大家にあいさつしたあと、澄波は駅にはまっすぐに戻らず、周囲を歩いてみた。栴檀《せんだん》の大木が白い花を無数につけていた。梢が風にゆれていた。さっき見たのと同じようなアパートもたくさんあった。この地域には学校がいくつかあるので、学生用の下宿が多いらしい。駅前には間口の狭い八百屋、魚屋、肉屋、そして惣菜屋が密集している三山市場《みやまいちば》があった。澄波は台湾の夜市(3)を連想して、東京もアジアなんだと思った。

§

入居してみると、大家には年ごろの娘のいることが分かった。親からは、《下宿人には愛想よくするな》と釘をさされているらしく、彼女は誰にたいしても素っ気なかった。

しかし市場で行き遭ったときに澄波が声をかけてみると、その素振りは演技ばかりではなく、生来の性分のようでもあった。それに生まれ育ったのが、ぶっきらぼうな漁師や、鉄火肌の女性が多い湊町だったせいでもあるらしかった。

訥々《とつとつ》と話してくれたところによると、彼女の名前は川嶋淑子《かわしまよしこ》。郷里は房総の木更津(4)だった。父親が内科医を開業しているので、彼女も医者を志して東京の学校に通うことにした。江古田の大家は実は親戚で、彼女は寄宿させてもらっているのだった。

ある朝、澄波が学校に行こうとして、江古田駅のプラットホームに立っていると、電車が来たのと同時に川嶋淑子が跨線橋の階段を降りてきた。通勤時間帯を過ぎていたので車内は空《す》いていた。偶然のように、彼女と澄波は横長の座席に並んで座った。

「おはようございます」と澄波が声をかけると、彼女は小さく頷いた。いつもどおりだった。が、この日はなぜか、この素っ気なさが彼には心地よかった。この人は、たとえ台湾人に偏見をもっているにしても、そのことをうわべの美辞麗句で隠すことなく、本音で話してくれるかもしれないと澄波は感じたのだ。

しかしそうはいっても、なにを糸口にすれば彼女の台湾イメージを訊きだせるのか、彼はかいもく見当がつかない。あたりさわりのない話をしているうちに、電車は池袋に着いてしまった。改札口を出ると川嶋さんは、自分は市谷河田町の東京女子医学専門学校(5)に通っているといって、小走りに去っていった。

池袋から省線で上野に向かうあいだ、澄波は自分でもなんでこんなに執着するのかと思うくらい、彼女のことを考えていた。あんなに素っ気ないのに……。

いや、だからこそかもしれない。澄波が、ごくたまにの話だが、同級生の家に呼ばれたときに紹介される彼らの姉妹は、微笑みながら話をし、中流階級特有の愛想のよさを発散していた。それが彼には眩《まぶ》しかった。かえって落ち着けなかった。それにくらべると、川嶋淑子は田舎育ちのせいか、いかにも地味だった。澄波は、台湾から出てきて知り合いもすくなく、無口になりがちな自分とは似たもの同士であるような気がした。

《ああいう社交経験を積んでいない人は、社会通念にしばられることなく台湾を見ているかもしれない。しかし言葉を飾らず、単刀直入に話すだろうから、そのとき自分は返す言葉を見つけられなかったらどうしよう》

それでも、彼女の目に台湾がどう映っているのか訊いてみたいという気持ちが、澄波の心に募っていった。

それを訊ける機会はめぐってこなかった。しかし、ある冬の日の夕方だった。道端の霜柱を踏みながら下宿に戻ると、郵便受けに大家のおかみさんからのメモが入っていた。「お時間のあるとき、ちょっと寄ってください。姪の淑子にかんすることです」

思わせぶりなメモじゃないか。彼女が下宿人と親しくするのを牽制しておきながら、こんな話もないだろうと思いながら訪ねてみると、用件は彼女の姿絵《すがたえ》を描いて欲しいということだった。おかみさんは、木更津にいる淑子の母親は自分の妹で、その人が娘の女学生時代の思い出を残したがっているというような説明をした。が、そんなことは澄波にはどうでもよかった。すこしはもったいをつけようと思いつつも、彼は二つ返事で応じてしまった。日曜ごとに、まずはデッサンから始めることになった。

最初の日曜日がやってきた。大家の応接間がアトリエになった。部屋は和室だったし、もちろん画架《イーゼル》などないから、モデルと画家は向かいあって座布団に座った。澄波は折り畳んだスケッチブックに、鉛筆を走らせていった。描かれる当人は、この件をどう思っているのか、例によって反応は希薄だったが、嫌がっているふうでもなかった。

澄波は当然のことながら、顔のデッサンに時間をかけた。あらためて観察すると、彼女の顔はうりざね形で、頬のふくらみがつくる線と、耳から口元にいたる斜めの線がきれいに交わっていた。鼻梁が通っていて、横顔は台湾の高地に暮らす原住民の若い女を想わせた。

川嶋さんは肩まで伸びた髪をうしろで束ねて、「このほうが、少女らしく見えない？」などといっている。「両方描いてみますか？」と彼はいったものの、たしかに束ねたほうが少女らしく見えた。両脇の髪がうしろに引っ張られたせいで、頬にそばかすがあるのが分かった。

手を動かしながら、澄波はいまこそ台湾のことを訊かなければと思った。だが、高まる気持ちとは裏腹に、言葉のほうは萎えていった。どこから話をはじめたらいいのか分からない。緊張感のある静けさがつづいたとき、思いがけず彼女のほうから言葉が発せられた。

「陳さんのご出身は、台湾のどこなんですか？」

「嘉義《ジャーイー》です。島の中央に近く、北回帰線が通っている蒸し暑いところです」

「そこではお鮨や天麩羅も食べられますか？」

「ええ、日本人もけっこういますから」

このやりとりで、彼の気持ちは楽になり、彼女にこんな質問をすることができた。

「川嶋さんは、台湾人が西洋画を学ぶことを、どう思いますか？」

「わたし、台湾のことはよく知りません。でも、いいことなんじゃないですか。故国の近代化に役立つのであれば。わたしだって、西洋医学を学んでいますし……」

「医学は実学ですからね。ぼくの同輩たちにも、日本で医学を修める人は多いです。でも西洋画のように、台湾の人たちが欲しているかどうか分からないものを、留学までして学ぶことの意義を、家族や親戚の人たちに説明するのは難しいことでした」

「西洋画が好きなら、それでいいんじゃないですか。わたしだって、東京で医専に通いたいといいだしたときは、母親に猛反対されたんですから」

澄波は川嶋さんのように口数のすくない人が、実は芯がつよいということを、あらためて実感した。学ぶ対象の有用性よりも、自分がそれを好きかどうかを考えて、人生を選択すればいいという彼女の言葉を、彼はこれから自分も使おうと思った。

しかし、川嶋淑子が東京で西洋医学を学ぶことと、澄波が東京で西洋画を学ぶことは、同じように見えても、決定的な違いがあった。

「西洋医学はどこで学んでも同じことでしょうが、西洋美術はそうはいかないと思います。医学はその普遍性に価値がありますが、美術は逆に土着性[6]に価値があるんですから」

「よく分かりません。東京美術学校の先生は、フランスやイタリアの絵画をそのまま日本に移植するんじゃなくて、それらを日本人好みにアレンジしているということですか？」

「ぼくにはそう見えるんです。そもそも西洋の絵画をそのまま再現しても、和風の情緒にうっとりしたい日本人の評価眼に曝《さら》される帝展では、たとえ先生の絵であっても入選できません。ましてや特選は無理です。世間は口さがないですから。だから帝展を目指しているぼくも、日本人好みの絵を手本にするんです」

「その成果が、先日の帝展入選だったわけですね」

「ご存じでしたか？」

「それを聞いた木更津の母が、将来の画伯に姿絵《すがたえ》を描いてもらっておけといってきたんです」

「そうだったんですか。——でもね、川嶋さん、ぼくがそういう日本人好みの西洋画をマスターして帰国したとするでしょう。するとぼくの評価は反転して、陳は内地で洗脳されてきた、あいつは台湾美術を日本化する宣教師だと謗《そし》る輩《やから》がでてくるんです」

「そういうことを心配していたんですか。陳さんのいいたいことが分かってきました。そうですよね。西洋医学を身につけて台湾に帰国しても、《お前は大日本帝国の手先か！》なんて批難はされないでしょうから」

「ドイツ人は、日本の医者がドイツの先端医学を使って診療していることを知っても、日本がドイツの属国になったなんて思わないでしょう。医学に国境はありませんから。

でも日本人は東京で流行している西洋画が、台湾美術展に並んでいるのを見ると、植民地経営がうまくいってると実感するんです。医学と美術は、そんなふうに違うんです」

「陳さんは、東京美術学校の教育が台湾や朝鮮の美術を、日本に同化させる教育だとおっしゃっているんですか？　多分その通りなんでしょうね。先生方に自覚がなくても、植民地から来た学生に西洋画を教えるときは、結果的に日本人好みの西洋画を教えているんですから」

澄波は彼女の口から、〝同化〟という言葉が出てくるとは思わなかった。

「川嶋さんは、台湾美術の日本化は、政府の方針だと思いますか？」

「当然そうでしょう。日清戦争に勝ったとき、大日本帝国がなんのために台湾割譲を求めたのか、その真の狙いは知りませんが、植民地にした以上、文化的な同化くらいは計画したはずですから」

澄波は川嶋さんが繰り返した〝同化〟に刺激されて、去年の帝展入選祝いの会で、陳植棋《チエンジーチー》から受けた忠告を思いだした。植棋は「しかし、藤島先生を疑ってはいけません」といっていた。

彼も同じ気持ちだった。

だがその一方で、彼女の言葉は澄波に世間の目を意識させずにはおかなかった。

《ひとたび美術学校の藤島教室の自由な空気、つまり芸術上の価値だけがそこにいる者の行動原理であるといった、浮き世離れした空気の外に出ると、教師と生徒の関係は、あたかも軍隊での指揮官と一兵卒のような主従関係だと思われているんだろう。

だからおおかたの日本人は、台湾から来た青年が西洋画に習熟するのを見て、東京美術学校の教師はうまく教化してると想像するわけだ》

それにしても、川嶋さんのような知識階級の予備軍までもが、そう想像していたとは……。

澄波にはショックだった。

川嶋さんは、「疲れたので、休憩してもいいですか」というと同時に、お茶にしましょうといいのこして、アトリエをでていった。

6　日台友好の礎《いしずえ》？

戻ってきたとき、川嶋さんは大家の夫婦と一緒だった。台所でお茶を淹《い》れながら、彼女は自分が陳澄波にいいすぎたのではないかと気にして、彼らにさっきの同化政策の話をしたらしい。

彼はちょっと身構えた。

「邪魔してごめんなさい。陳さん、そんなに心配することはありませんよ」と、おかみさんが口火を切った。「淑子は女だてらに医専になんか通っているもんですから、難しいことをいってしまったようですけど、わたしら田舎もんは台湾を見下してなんかいませんよ。現にこうして、陳さんにアパートをお貸ししているじゃありませんか。姪の絵を描いて欲しいとお願いしているじゃありませんか」

澄波には、川嶋さんとの体裁をそぎおとした会話の余韻が残っていた。その場を取り繕うようなことはいえなかった。それに、さっきは自分の方がしゃべりすぎてしまい、彼女を誘導してしまったのではないかという反省もあった。「気にしてません」というのがやっとだった。

そこへ、大家の主人も話に加わってきた。

「誰も陳さんが、台湾美術に災難を与えるなんて思ってませんよ。それにね、江古田みたいな田舎では、台湾領有で得したなんていう話は聞いたことがありませんから。軍人や政治家は、《狭隘なる国土のわが帝国は、海外に版図を拡げずんば生き残るをえず》なんて威勢のいいことをいってますけどね」

「ぼくも、台湾の人たちを裏切るつもりなんかありません。そんな気持ちで東京に留学してきたんじゃないんですから」

「そうですよ。外野のいうことなんか気にせず、絵の道に精進なさるといい」

「でも、ときどき心配になるんです。日本人は自分の感性に合わせて、舶来物に新しい生命を吹き込んできたじゃないですか。西洋画もそのひとつじゃないかと」

「たとえば、南蛮写し(1)が巧みだとおっしゃってるんですか？　わたしは柄にもなく、若い時分からお茶を習ってるんですが、たしかに日本出来の南蛮陶器には、独特のよさがありますからね」と主人がいうと、

「陳さんはあなたの講釈なんか訊いてませんよ」と、おかみさんがたしなめた。

しかし年季の入った茶人はひるむことなく、「南蛮陶器に『芋頭《いもがしら》水指(2)』というのがあるでしょう。あれの本物は焼き締めなんですが、写しのなかには鉄釉が剝げたように化粧したものがあるんです。ああいう枯淡の味わいは、外人には分からんでしょうな」とまでいいだした。しかも、得意満面な顔つきで。

澄波は、自分の思いはやっぱり日本人には伝わらないんだと悟って落胆した。彼が悟ったのは、こういうことだった。

《日本人が実物の「芋頭水指」の価値を台湾人に啓蒙するというのであれば、ぼくはそれを学習することにやぶさかではない。もとは越南《ベトナム》あたりの雑器だった壺に価値を認めるということは、彼らの知的創造だからだ。いわば理性の発明品だ。

しかし、南蛮写しの場合はちがう。江古田の茶人が「味わい」という言葉を使ったように、あれは感性の加工品だ。よその国の感性に従属するのが苦痛だということに、なぜ日本人は気づかないのだろうか。帝展で流行している西洋画も、日本出来の南蛮写しなんじゃないだろうか》

気まずい空気を感じた澄波は、誰にともなく、

「台湾人も日本食が好きです。鮨、天麩羅、筑前煮、みんな日本人の感性のたまものですから。でも、そればっかり食べてると飽きるんです」といった。

おかみさんがその場をなごますように、「最近、東京の支那料理屋では、台湾の魯肉飯《ルーローハン》(3)をだす店が増えているんですよ。おいしいものは世界共通なんですね」と応じてくれたが、こういう独り合点な気遣いが、澄波の気持ちをさらに暗くした。

要するに、この夫婦はお節介やきで、好人物なんだ。二人には子供がいなかったので、――それもあって淑子さんを寄宿させているのだろう――自分のことも我が子のように目をかけてくれているのかもしれない、と澄波は自分にいいきかせた。

でもこのあと、おかみさんが放った一言は、澄波にとって終生忘れられない言葉となった。

「陳さんは同郷の人たちから、日本人と親しくなりすぎたと思われることを心配しているようですが、だったらそれを逆手にとって、日本を後ろ盾にして、台湾新美術の立役者になったら

いいじゃないですか。日台友好の礎《いしずえ》になってください」

《こんな親切心にまさる侮辱があるだろうか！》

主人のほうを見ると、それもあながち悪くないというような顔をしている。

澄波は帝展入選祝いの晩に、陳植棋が王白淵にいった言葉を思いだした。「あなたは大日本帝国の役人や、彼らと結託している台湾の知識人や商売人に刃向かっているけど……」こういって、植棋は白淵をなだめていた。

いま目の前にいる日本の初老夫婦は、陳澄波にその種の背徳的知識人になれば、画伯として権威ある地位に就けると助言しているのだ。この人たちの頭のなかには、朝鮮・台湾・満州が、日本と同じ赤色で塗られた東亜地図が刷り込まれているのだろう。

さっき川嶋さんとかわした、冷徹だけれども、他人や国家のすることに安易に嘴《くちばし》をはさまないストイックな会話を思いだした。彼女の方を盗み見ると、心なしか、いたたまれないような表情をしている。大家夫婦の話に、欺瞞を嗅ぎとっているようだ。でも、彼女はなにもいわなかった。

結局この夫婦は、西洋画を学びにヨーロッパに行きたくても、話せる外国語といえば、日本統治下の小学校で習った日本語だけで、しかも生家に金がなかったので、台湾航路の三等切符を買って、東京に留学するのがやっとだった台湾青年の気持ちは理解できないだろう、と陳澄波は思った。そして、心のうちで叫んだ。
《おれに大東亜共栄圏の功労者になれというのか、これが日本人の台湾や朝鮮を見る目なのか！》
話が途切れたので、彼はデッサンを再開したいと夫妻に告げた。二人が部屋を去ると、川嶋さんは気を取り直したような表情で、モデルをつづけてくれた。彼もデッサンに集中した。

7　共同体の個性

何回かの日曜日があって、澄波はデッサンを終えた。あとはこれを油絵具で描くだけなので、川嶋さんにはもうすこしモデルになってもらうだけですむ。彼は四畳半の自室で、絵を仕上げることにした。

やり始めると、彼は自分が川嶋さんにいった、「医学はその普遍性に価値がありますが、美術は逆に土着性に価値があるんです」という言葉に自縄自縛になってしまった。あれは真理だろうか。ほんとうに、美術は土着性に価値があるのだろうか。そもそも、土着性とはどういうことなのか。そう考えだすと、筆が進まなくなった。

《自分の絵が帝展風でないことをいわんがために、土着性という言葉を使っただけなのかもしれない》と彼は自分を疑ってみた。それに、この絵に土着性を盛り込むにしても、具体的にはどうすればよいのだろうか。

最初のうち澄波は、自分は台湾人なのだから、いっそのこと彼女を台湾風に描いてしまおうかと考えた。しかし台湾風の人物画って、どんな絵だろう。彼女に台湾の民族衣装をまとわせるか。それとも絵のバックに、南国を思わせる黄色い絵具を使ってみるか。

いつもそうだった。言葉で絵を考えだすと、彼は筆を執れなくなる。彼女が帯びているはずの土着性を、具体的な事物によって表現できないものか。こう思い立つと、澄波は木更津に行ってみたくなった。彼女の郷里をこの目で見れば、それが見つかるかもしれない。

思いきって川嶋さんに頼んでみると、彼女は「絵がはかどるならば、わたしの郷里を見てください」と応じてくれた。

§

木更津は大きな町だった。湊に向かう一角には花街もあった。河口の扇状地にできた町なので木立はすくなかったが、平地が広くて、道筋も整然としている。

駅から湊に通じる富士見通りには、正月用の松飾りが並んでいた。しばらく歩いていくと、中央通りとの交差点があった。そこを右に曲がると、先の方に川嶋さんの実家の医院が見えた。そのあたりではひときわ目を引く、文化住宅のような建物である。南京下見張り《なんきんしたみば》(1)の外壁をペンキで白く塗り、屋根を赤い瓦で葺いた木造二階建てだ。診療棟の隣には廊下でつないだ入院棟もあった。先代が建てた医院が老朽化したので、これらが新築されたのだという。しかも竣工後、まだひと月しか経っていなかった。

そのせいもあってか、彼女の父親は上機嫌で迎えてくれた。最新のレントゲン撮影機や、診療室の白い戸棚に整然と置かれた治療器具類を、自慢げに説明してくれた。

しかし、医院の裏手にある屋敷の応接室に通され、おさだまりの社交辞令が終わって、陳澄波が来訪の目的を話しはじめると、院長先生の表情がむずかしくなった。

澄波がいちばん訊きたかった、川嶋淑子が木更津で育ったがゆえの土着性に話がおよぶと、父親はなんのことか分からないという。

「淑子の話す言葉に、木更津訛りがあるというのでしょうか。わが家では、標準語で育てたつもりです」

「お嬢さんの話し言葉は、きれいな山の手言葉です」

澄波がこう取り繕っても、院長先生は聞く耳をもってくれない。

「わが家では、万事、世界標準を旨としているんです。言葉も、服装も、立ち居振る舞いも、そして、医療も。さっきご覧になったでしょう。ドイツ製にも負けない最新のレントゲンや医療機器をそろえています」

「誤解しないでください。ぼくが先生に診ていただくとしても、木更津風の治療を望んではいません」

「失敬な！　だったら、どうして土着性なんていいだすのかね？」

「お嬢さんをフランス人形のように描きたくなかったんです。日本の若い女性のなにかを、強調したかったんです」

「なにかって？」

「最近よくいわれる〝個性〟といってもいいかもしれません」

「個性！　そんなものは医学研究の邪魔だ。だったら、わたしがきみを個性的に治療してもいいのかね？」

澄波は二の句が継げなかった。彼は、やっぱり日本人は植民地の人間をバカにしているんだと思った。そばで控えていた院長夫人と淑子さんも、ほぼ同時に「そんな！」と小さく声を上げた。

プライドを傷つけられた澄波は、辞去しようかと思った。が、しかし、淑子さんと木更津を結びつける絆を知りたいという願望のほうがまさった。勇気をだして、

「こんどぜひ帝展の会場をのぞいてみてください。美人の絵はたくさん並んでますが、似たり寄ったりです。個々の人物のちがいは分かるんですが、みんな華族の令嬢風なんです」と感情を抑えて、ていねいな調子で説明した。

院長も身内からの非難を察して、「こんど観にいってもいいが、結局、きみはうちの淑子をどんな風に描いてくれるんですか？」と冷静な口調に戻った。

北側の窓からレースのカーテンを通して、やわらかい光が差し込んできた。それは、庭の芝生が反射させる午後の日差しだった。その光で澄波は、床の絨毯にイラン風の騎馬人物模様が織りだされていることに気づいた。彼はこういう、それこそ世界の逸品をそろえた空間で育った淑子さんに、木更津風情を見つけることはむずかしいだろうなと思った。彼女の言葉、服装、立ち居振る舞いに土着性を見つけることを諦めかけた。

しかし最後に一縷《いちる》の望みを託して、淑子さんの母親に、「数十年前、こちらに嫁いでこられたとき、木更津はどんな印象でしたか」と尋ねてみた。案の定、彼女はそんなことを急にいわれても困るという顔をしたが、それでも娘のためになるならと気を取り直して、

「怖かったです」と答えを絞りだしてくれた。

「怖いとは？」と重ねて尋ねると、彼女はこんな話をしてくれた。

「わたしの里は東京の杉並なんですが、木更津は漁師の人たちがほとんどで、あの人たちは声

が大きくて荒いんです。漁師のおかみさんたちも勝ち気でした。ですから、あの人たちがインフルエンザに罹って大勢きたときは、怖かったんです」

「おとなしく順番に座って待たないで、割り込んだりして揉めるんですか？」

「いいえ、そんなことはありませんでした。外見が荒々しくても、順番は律儀に守ってました」

澄波はこの話を聞いて、そうか、そこに糸口があったのかとひらめいた。

《川嶋さんも単刀直入な話しかたはしていても、安易に他人を断罪しない慎《つつし》み深さをそなえている。ああいう「慎み」は、彼女ひとりの個性であるだけじゃなく、この町の漁師たちに共通している律儀さと同根なんじゃないだろうか。だとすれば、彼女の個性は木更津という土地の個性、要するに木更津の土着性でもあったわけだ》

澄波は自分がいった「芸術の土着性」とは、このことだったと気づいた。

こういう考えにたどりつけたことで、澄波は彼女の姿絵《すがたえ》制作に戻れると確信した。

江古田に戻った澄波は、さっそく川嶋さんの「慎《つつし》み」に思いをめぐらせた。彼女は他人の気持ちを過剰に詮索しない。だから、他人を批判することにもストイックだ。こういう彼女の気質を、木更津の土着性として造形するにはどうすればいいのだろうか。

澄波が選んだのは、彼女の容貌にそなわっている、意志のつよそうな造形を強調することだった。

《川嶋さんの顔は、どこか台湾高地族の娘を連想させる。あの娘たちの顔つきは、荒削りで世慣れしていない。しかしかえって、それが気高さ、愛らしさを感じさせる。あれを使おう。あれこそ探していた木更津の土着性だ。それを捉えることができれば、ぼくの絵はさらに深まって、若い日本女性たちに共通する慎み深さにまで到達できるかもしれない》と澄波は自分の気持ちを掻きたてた。

こうして川嶋淑子さんの姿絵が完成した。

しかしその絵は、予想されたこととはいえ、院長夫妻、大家夫婦、そして当の淑子さんからも不評をもって迎えられた。みんな、大和撫子《やまとなでしこ》のような絵ができあがると想像していたのだ。院長は「こんなものに金は払えん」と息巻いていたそうだ。しかし大家のおかみさんの取りなしで、いくばくかの金を澄波は得ることができた。それは彼がはじめて手にする画稿料だった。

澄波はこの経験で、芸術の土着性というものについて自己流の信念を摑むことができた。それは、その土地の住人がつくる「共同体の個性」であるという信念は、誰もが同意できるものではなかったが、経験から獲得したものであるだけに、彼にとってはゆるぎないものとなった。そしてこれさえあれば、自分はこれから絵で飯を食っていけるという自信をもつこともできた。

§

ところで、これは後日談になるが、あれからしばらくして澄波は三山市場で川嶋さんと行き交ったことがある。彼女はすれ違いざまに、「あの絵をわたしは嫌いじゃありません。ちょっと、びっくりしただけなんです。あなたは学校を卒業したら、芸術の土着性でしたっけ、あなたが愛着をもつ台湾の風景や暮らしをお描きになるといいんだわ」といった。

そういうと、彼の反応を待つことなく、川嶋さんは立ち去っていった。それっきり、澄波は彼女に遭うことはなかった。

8　ひとり一人の個性

たしかな信念を手にいれたと思っても、またそれを動揺させることが起きるものである。

陳澄波にそんな動揺を与えたのは、李梅樹《リーメイシュ》(1)という青年との再会だった。澄波はかつて、石川欽一郎(2)という日本人が台北で組織した夏季美術講習会に参加したことがあった。李とはそのとき知り合ったのだが、その後は音信も途絶えがちになっていた。

ところがその青年の画家志望はいよいよ高まり、ついには東京美術学校への留学を決意したという。そこで、彼を東京に連れていく付き添い役として、一時帰国していた澄波に白羽の矢が立ったのだった。

そのころの澄波はといえば、三年間の図画師範科を終えて、さらに二年間の西洋画研究科に進んだところだった。その間の経緯と今後の見通しを妻に説明するために、――といっても妻を納得させる自信はなかったが――澄波は研究科一年生の春休みを利用して、帰郷していたところだった。

§

基隆港で台湾航路の船に乗船すると、二人は後部甲板に出て、船が埠頭から離れるのを見ていた。

「今年受験するのかい?」と、澄波が梅樹に訊いてみると、「来年の予定です」という。

「自分は西洋画科を志望しているので、一年間、受験勉強をします。まずは、私立の川端画学校[3]や本郷絵画研究所[4]に通って、そこでも教えている藤島武二先生や岡田三郎助先生に指導してもらうつもりです」という計画を、梅樹が披露してくれた。

東京美術学校の教授は、外部の学校でも教えることが認められていたので、梅樹はこういう手順を踏んで試験を突破しようと考えたわけだ。彼は澄波よりも七歳年下だったが、着実な考え方のできる青年だった。

船は、曲がりくねった入り江を通って、陸地から遠ざかっていった。その景色は、澄波にかつての彼自身を思いださせた。

《あのころおれは、ひたすら油絵を描きたいだけだった。妻や親戚から、それを故国でどう役立てるのかと問われたときも、答えられなかった。いまなら、清朝の文人が理想とした山水画や花卉図なんか形骸化している、おれは台湾人の心に響く西洋画を描くんだ、ということくらいはいえそうだ。しかしこういうと、そんな絵って帝展風だねと揶揄されかねない》

こんな、堂々めぐりの回想に耽っていると、隣りに立っている梅樹が話しかけてきた。

「先輩のご活躍は、郷里にいても新聞で読んでいました。何度も帝展に入選されているんですね」

梅樹は、気さくに振る舞おうとしてくれている。それにつられて、澄波が先輩風を吹かせた。

「きみはどんな絵を描きたいの？」

すると、「ぼくは、岡田三郎助先生が描く和服姿の女性像にあこがれています」という答えが返ってきた。

これが澄波の信念を動揺させる発端となった。

この答えに、澄波は違和感をおぼえた。むろん岡田教授のことは澄波もよく知っている。あの先生は藤島先生と並んで、いまや東京美術学校の西洋画科を支える二枚看板だ。だから梅樹の口から岡田先生の名前が出てきても、不思議なことではない。しかし、なぜ《和服姿の女性像》なのか……。

澄波は、違和感のもとを自問自答してみた。すると到達したのは、思いがけないことに、自分は古い世代になったらしいという答えだった。

《裕福な家庭に育った梅樹は、礼儀正しく接してくれている。でもこの若造の目に、おれは焼きの回ったおやじとして映っているのではないだろうか。おれも、すでに三十三歳だ。考えも時代遅れだ。帝展風西洋画の台湾持ち込みを、それが日本では伝統として認識されているという理由だけで、いつまでも躊躇しているのだから。

ところが二十六歳の梅樹ときたらどうだ。そんなことはもう忘れましょうよといわんばかりに、日本の着物をまとった岡田教授の婦人像がいいという》

澄波は困惑が顔にでないように、つとめて冷静さを装って、梅樹の気持ちを探ってみた。

「岡田先生は、日本の着物や装飾品を蒐集する趣味があるらしいね」

「ぼくは、その趣味が好きなんです」というのが彼の反応だった。

「でも、骨董品を小道具に使うと、絵が古典的にならないかな？」

「そのアカデミックな雰囲気に、ぼくは浸りたいんです」

彼がてらいもなくアカデミックという言葉を使ったことに、澄波は驚いた。東京の若い画家仲間たちは、この用語を侮蔑的な意味合いで使うことが多かったからだ。

澄波は黙っているのも気まずかったので、

「アカデミックねぇ」と声を漏らした。

梅樹のほうも気を遣って、こんな説明をはじめた。

「話せば長くなりますが、ぼくの父親は三峡《サンシア》(5)で穀物店を開いていました。手広くやっていたので、町の政治にも首を突っこみ、ぼくには法律を学べと命じました。結婚だって、父の言いなりでした。そんな境遇で育ったんで、ぼくの性分には裏と表ができてしまいました」

「誰にだって、裏表はあるだろう」

「ぼくのは極端なんです。表は政治家気質、裏は芸術家気質です。父に従いながら、自分の意志をつらぬいてきたからでしょうね。だからぼくは、三峡の顔役から奥さんの絵を描いて欲しいと頼まれたときも断りしました。絵を政治的駆け引きの道具にするのが嫌だったんです。アカデミックな雰囲気に、ぼくは自分を閉じ込めたいんです」といった。

澄波は気勢をそがれた。彼の独り合点だったのかもしれないが、かつて藤島教授と意見の一致をみたと彼が感じた、西洋画をその故郷から切り取って異郷に移植するときの苦心を、いまここで蒸し返す気にはなれなかった。

　彼は梅樹の芸術家気質を、こんなふうに解釈した。

《梅樹は、芸術と政治を分離したいといっている。だから絵を描くときは、彼は人間を、すぐに群れて身の安全を図るメダカの集団として見ることを拒んでいるのだろう。群れるメダカにだって、集団ごとの個性があるはずだと期待するおれとは大違いだ。彼のように、ひとり一人の人間に焦点を当てれば、それぞれのちがった個性が浮かび上がってくるにちがいない。個性という言葉の使い方が、おれとはちがうのだ》

　しかし澄波は、梅樹が人間の内面をとらえたがっていることは理解できたが、だからといって、なぜ、岡田教授の和装婦人像を手がかりにするのか、この理由は分からなかった。

　そもそも澄波はこれまで、教授があんなに文様の目立つ和服を題材に選ぶ、そのわけを推測したことなどなかった。しかし教授の意図がどうであれ、梅樹は描かれた着物の文様に、骨董趣味以上のなにかを読み取っているはずだという考えにいたった。

《この男は着物の文様をヒントにして、女たちのさまざまな個性を推量して遊んでいるのではないかしらん》

　たとえば教授の絵に、伊勢物語で有名な「燕子花《かきつばた》と八橋《やつはし》」の文様を大きくあしらった小袖姿の女性像[6]がある。後ろ向きに立った裸の女に、襦袢など着用させず、小袖を片肌脱ぎに羽織らせた絵だ。全裸ではあっても、〝裸身〟という名の鎧で精神的に防御している西洋のヌードとはちがって、反対に、肌の艶《なま》めかしさを着衣できわだたせて、見る者をその女の本性へと誘い込む日本のヌードだったので、澄波の記憶にも鮮明に残っていた。

梅樹ならば、定めしあの女に古風な教養と、しかし、大胆な文様を着こなせる待合の若女将《わかおかみ》のような覇気を見抜くのではないかと想像して、澄波はひとり微笑んだ。

《梅樹にとって、一枚々々の着物を特徴づけている文様は、女たちひとり一人の個性を解剖するときのメスなのだ》

澄波は彼が岡田先生の和装婦人にひかれる理由を、こんなふうに解釈して、みずからを納得させた。

しかし一件落着したと安堵したのも束の間、思いもしなかった不安が頭をもたげてきた。

《もしかしたら、梅樹はおれの頭越しに最新の西欧芸術とつながっているのかもしれない!!》

澄波は、近年の美術雑誌が伝えるパリの美術界が、つぎつぎと登場する芸術思潮の交代劇のようなありさまであることに思いを馳せた。《画家たちは自身の主義主張を押しだすばかりだ。彼らは客の芸術愛好心や、その心を育《はぐく》んできた故郷の土着性になんか頓着しない。梅樹がやろうとしている個性の解剖も、それと通底しているのではないか。だってパリの画家にしても梅樹にしても、絵とは作者の自我が表出されたものであると信じているのだから》

さらに澄波の不安は深まっていった。

《彼らは自分を愛している。だから風景や人物を見て、それらを己の解釈でねじ伏せようとする。あたかも、自分だけにしか真実が見えていないといわんがばかりに。そうなると、おれのように自我よりも、土着性を信じる絵描きはもう古い。お払い箱だ》

この不安を、澄波は理屈でなだめることができなかった。上手に解釈すればすむ、という問題ではなかった。しかし不思議なことに、この不安は澄波を落胆させはしたが、彼に希望の光を与えてもくれた。この男ならば台湾の絵を、自分とはちがうやり方だが、東京美術学校の教授たちが築いた日本風西洋画の桎梏《しっこく》から解放させることができるかもしれない、と感じたのである。

そしてこの男が、「アカデミックな雰囲気に浸りたい」といったことについては、彼が父親に面従腹背して育ったからではないかと考えてみた。澄波は彼に、

「きみの芸術家気質は、孤独を愛しているのですか?」と訊いてみようと思った。が、口には出さなかった。梅樹がようやく精神的均衡を保っている裏表のある性分に、土足で踏み込むことの残酷さに気づいたのだ。

その代わりに澄波は、こんな言葉を献呈しておいた。「早くきみの描いた女性像を見てみたいね。それは日本の絵や、台湾の絵をも凌駕した、普遍的な絵になるかもしれないよ」

9　それぞれの道

一九三五年（昭和十年）夏、嘉義。

陳澄波が、李梅樹と同じ船で東京に行ってから七年が経った。

図画師範科を出て、二年間の西洋画研究科を終えると、澄波は郷里に帰らず、中華民国(1)に渡って、上海で芸術専科学校の教師になる道を選んだ。家族も台湾から呼び寄せた。ところが、一昨年のことだ。彼は台湾に帰ってきた。

そもそも、なぜ留学を終えるとすぐに帰国しなかったのか。彼は自分でも自分の気持ちをつかみ切れていなかった。ひとつには、安定した収入のある仕事に就きたいという、切迫した事情があった。郷里で頑張ってくれている妻に、彼はこれ以上苦労をかけることができなかった。それで、東京美術学校の西洋画科に留学していた中国人学生が紹介する上海での職を、ありがたく受けたのだった。

しかし、もうひとつには、澄波の生来の性向である「土着性」に執着する気持ちも作用していた。具体的には、川嶋淑子さんとの木更津行きで体験的に摑んだ、「共同体の個性」にたいする愛着だった。

下宿を谷中の間借りから、江古田のアパートに変えたとき、すでにその片鱗が見られた。彼は着々と市街地化が進んでいるけれども、街固有の匂いがまだない東京の山の手よりも、庶民の活力が充満した江古田の三山市場を見て、安堵の気持ちをいだいている。

上海行きを選択したときも、まさにそうだった。澄波の心には、昔、中国から渡ってきた台湾人のルーツを見てやろうという願望が渦巻いていた。明や清の王朝が化外《けがい》の地にとった統治政策の冷淡さは、澄波も知識としては知っている。しかし父親が清の人であることや、彼の母語が福建省で話されている閩南《びんなん》語(2)であることなどが、いつしか彼の心に中華文明を体験したいという気持ちを胚胎させていった。要するに彼は、自分の根幹をなしているものの考え方や感受性は、中国大陸の土着性に由来しているという思いにとらわれていたのだ。

もっとも上海在住中に、澄波が《我が心の共同体》から温かく迎えられたかといえば、現実の国際政治は、彼の片思いを受け容れてくれるほど甘くはなかった。台湾が日本に領有されていたために、日本国籍のパスポートをもっていた彼と彼の妻子は、反日抗争が高まる中華民国では、敵国人として迫害されてしまった。日本軍が上海に侵攻してからは、実際に逮捕されかかったこともあった。

しかしそんな苦難があったとはいえ、家族一緒に暮らせて、しかも蘇州や西湖などの景勝地を写生旅行することのできた日々は、彼がようやくつかんだ幸せな四年間でもあった。

帰国してからの澄波は、絵描き三昧の日々を送りだした。これまで心のなかで堆積していた台湾への愛着が、堰を切ったようにあふれでた。嘉義の街角[3]や公園を歩き回って、絵になる場所やそこで生きる人たちの息吹を探し求めた。そうして描かれた絵は、並べて印刷すれば嘉義の絵入り地図帳ができるほどの量だった。

さらに、澄波は近くにある台湾最高峰の阿里山《アーリーシャン》[4]に登り、遠くは北辺《ほくへん》の海港である淡水《タンシュイ》[5]にまで出かけていった。中国大陸でも写生をしてきたが、いわゆる景勝地を見るのと、故国の風景を見るのとでは、彼の心に湧いてくる感興はおのずから異なっていた。澄波は台湾を旅行してみて、それぞれの土地と自分の身体が共振するのを感じた。彼は、これから至福の画家人生がはじまると思った。

§

九年前に根津の居酒屋で、陳澄波の帝展入選を祝ってくれた面々も、それぞれに新しい道を歩みだしていた。

図画師範科の一年後輩だった廖継春《リャオジーチュン》に噛みついた王白淵《ワンペイユアン》――彼は噂されていたように、絵描きとして身を立てることは諦めてしまった。東京美術学校を出ると、半年間のブランクの後、盛岡の女子師範学校(6)で教師の職を得た。

白淵は学生時代から、プロレタリアの美術運動や文学運動に興味を示していた。美術学校の学生による実践活動とは一線を画していたのだが、――つまり、その種の展覧会や文芸誌には参加していなかったのだが――東京で台湾人の青年たちと設立した台湾芸術研究会が、反植民地運動と疑われたことで、彼は警察から睨《にら》まれるようになり、ついには授業中に拘束されてしまった。

画家になるのを放棄したあとの彼の行動は、どこか現実離れしていた。根津の居酒屋で白淵は廖から、「センチメンタルな正義漢だ」というような言葉を投げつけられていたが、彼の後半生はまさにそうだった。

台湾で結婚していた妻と別れるときも、彼は拒む妻の前でリストカットをしてみせた。そのあと盛岡での教え子だった久保田由美と恋に落ちて、再婚している。しかし学校を解雇されたことで、白淵は彼女とも離婚して上海に逃れていった。その後、上海まで訪ねてきたかつての教え子もいたというから、お人好しで、金銭・名声に無頓着だった彼は、女生徒の間で人気者であったらしい。上海でも四川出身の女性と再々婚している。

盛岡滞在中に、彼は「蕀の道《いばら》」(7)という本を出版することができた。そこには、居酒屋で読み上げた例の「偶像の家」や、かねてから書きためてきた詩や論文が収録されていた。詩には、ゴッホ、ゴーギャン、アンリ・ルソーといった、反アカデミズムの画家らに捧げた頌歌がまじっていた。論文のほうには、インドの独立を導いたタゴールとガンジーが詳述されていた。白淵はかつて澄波の祝賀会で、自分の小説がフランスの啓蒙書に匹敵すると褒められたのだと勘違いして、相好《そうごう》を崩したことがあったが、「蕀の道」にはそんな彼の、脇の甘い啓蒙家としての気質がよく出ていた。

だから、白淵が本のなかで雄弁をふるう反体制の言辞や、革命への讃美には、思想や哲学の表明というよりも、ユートピアへの憧れといった響きがあった。

§

陳澄波とともに上京した李梅樹《リーメイシュ》――彼は翌年、無事に東京美術学校に合格した。五年間の修業課程を順調に終えると、昨年、六年ぶりに三峡に帰ってきた。岡田三郎助教授の指導でなにを体得してきたのか、彼がそれを語る機会はまだないが、しかし、彼が今年の台湾美術展に出して一等を取った絵は、それを窺わせた。

親戚の若い女性が庭で憩っている絵なのだが、この絵で作者が訴えたかったことは彼女の顔に凝縮していた。その顔は、なによりもこの女性のあどけなさを示していた。そしてこのまま年齢を重ねていけば、良妻賢母になりそうだと予感させた。

しかしそのあどけなさゆえに、今後なにかの拍子で人生の歯車が狂えば、彼女はとてつもないことを、たとえば台湾独立運動の地下活動員への転身を、しでかしかねないとも思わせた。要するに彼女のあどけなさは、その無垢な表情ゆえに、このさき彼女が親の用意する人生航路を進むだろうか、と人に思わせる怖さを秘めていた。

ところがこの女性のいでたちはといえば、そこには心の深淵を窺わせる要素はなかった。籐椅子に座る彼女の身なりは、ありきたりだった。柄物のブラウスに白いスカート、白いサンダル履き、膝には緑のショールを掛けていたが、それらは深窓の令嬢風ではなく、かといって流行のファッションでカフェに入り浸るモダンガール風でもなかった。あえていえばその身なりは、彼女が生活に困ってない社会階層の娘であることを示す制服だった。

この絵の女性にどんな将来が待っているのか、その予測は観覧者の想像力に委ねるしかないにしても、それを予測する手がかりは彼女の「顔」だけだった。逆にいえば、梅樹は人物の顔に特化して、その人の生き方や、その瞬間の心の動きをとらえる画家なのだった。

顔だけ見て人物観照をするのは、人相見だけである。普通の人は、服装や持ち物の趣味も見て、その人物の人となりを探る。しかし、梅樹が顔で人を観ていたことは、去年、彼が東京美術学校の卒業制作で描いた裸婦像にも示されていた。それは肘掛け椅子に座るお下げ髪のヌードを描いた絵だったが、首から上にしか、その女固有の心もちが描かれていなかった。お下げ髪の顔つきは、この若い女の内省的な性格や、ポーズを取っている間の沈着した気分を見る者に感じさせたが、しかし彼女の乳房や、たるんだ胴体や太腿部は、この人が一般的な中年女性であるということ以上の情報を与えてくれなかった。要するに、首から下は裸婦デッサンの習作にすぎなかった。

梅樹にとっては人物の内面描写がすべてであったが、それを造形化する窓口こそ「顔」なのだった。

こんな梅樹の絵は、師の岡田教授に理解してもらえたのだろうか？　それについては、いずれ彼自身が回想するときがくるのかもしれない。が、いまのところ手がかりは、これまで彼が帝展に入選していないという事実だけだった。

かつて根津の居酒屋に集まった仲間でいえば、陳澄波しかり、陳植棋しかり、また中国や朝鮮からの留学生でも、在学中から帝展に入選を果たしている学生がすくなからずいた。こういう事態を憂慮した美術学校長の正木直彦は、本科在籍中の学生が帝展に応募するのを制限したほどだった。

しかし梅樹に入選の知らせが来たためしはなかった。梅樹は自分にいいきかせた。《おれの絵が帝展のレベルに達していないから、入選できないんじゃない。おれの絵は、日本式の西洋画にはそもそも染まっていないんだ》

東京美術学校の西洋画科を卒業してすぐに、こう嘯《うそぶ》くのは、悔しまぎれの発言ともとられかねないが、しかし若者の強弁とばかりいえない面もあった。梅樹の卒業制作や台展出品作に顕著な「顔」への執着は、毀誉褒貶はともかく、彼の絵に顕著な主張だったからである。《日本の画家たちは、西洋画に日本人の魂《たましい》を入れようとしている。恩師の岡田先生が絵に伝統の和服や工芸品を描き込んでいるのは、その際たるものだ。しかし、そうして応用される伝統とは、一体なんだろう？

伝統はヨーロッパの絵画を、日本の風土に軟着陸させる触媒だが、同時に、それがほんらいもってた自由な翼を萎縮させてしまう、副作用のつよい薬ではないか。伝統が日本の西洋画をつまらなくしている。あれじゃあ、日本の西洋画は風土の奴隷だ。

おれはその轍を踏みたくない。だからおれは絵から風土を排除して、人物の顔だけに神経を集中させている。おれの絵にも台湾の景色や衣装が出てくるが、あれは自分の出身地を暗示す

る記号にすぎない》
梅樹はこう考えて、「おれは東京美術学校に留学したが、しかし日本から独立した台湾の絵を描くんだ」と自分にいいきかせた。
ところで帰国早々、梅樹は三峡庄協議員に任命されてしまった。それを受けることは、地方政治に引き込まれることを意味していたが、家業のために断らなかった。世間には梅樹のことを二枚舌だと揶揄する輩もいたが、彼には青年期に形成した独自な性分で、芸術と政治の荒波を乗り切っていく覚悟ができていた。

§

口喧嘩の仲裁役だった陳植棋《チエンジーチー》、――彼の場合は新しい道に進むどころか、一九三一年に病没してしまった。彼を知る人たちは、天才の夭折として受けとめた。
澄波につづいて帝展入選を果たした植棋は、東京美術学校を卒業後は、絵筆一本で生きていくことを決意した。一九三〇年に二度目の帝展入選を果たすと、台湾日報はそれを大いに書きたてた。しかし制作の過労がたたって肋膜炎をわずらい、急逝してしまった。台北で開かれた遺作展には、八十点以上が集まったという。植棋の生涯は、まさに絵に捧げられた二十五年間だった。

遺作展に並んだ絵には、彼のほとばしるような才気が溢れていた。セザンヌ風の風景画や静物画、そしてフォーヴィスム(8)の色使いと、彼は初めて目にする本場の西洋画から、しかもそのグラビア写真からでも、的確に特徴をとらえて我が物にすることができた。

多くの人に彼が天才だと思わせたのは、結局のところ、こういう技倆の巧みさだった。そこには、台湾に日本版西洋画を適応させるときの苦渋は見られなかった。というよりも、そうした苦渋の形跡のないことが、彼の絵に爽やかな印象をもたらし、観客が彼の絵に親しめる下地となっていた。

植棋は陳澄波たちが、西洋画の台湾化に難渋しているのを、横目で見て知っていた。が、健康を引き換えにして修得した巧みな技倆は、自分はそれを経験しなくてもすむのだと彼に思わせた。あるいは、そういう難渋を経験する日が来る前に、彼は若死にしてしまった。

10　地方色《ローカルカラー》

陳澄波が嘉義に戻って、故国を精力的に描きだしたのと同じころ、藤島教授も台湾にひんぱんに行く機会をえた。一九三三年から三年連続で、台湾美術展覧会の審査員に招かれたのだ。

この話がきたとき、台湾の絵画事情に詳しくない教授は、現地に行く前に石川欽一郎氏に会って、教えを請おうと考えた。この人物は台湾で長年活動してきた水彩画家である。台北師範学校(1)の教師も務めてきた。読者はご存じのように、彼の組織した夏期美術講習会には陳澄波や李梅樹も通っている。

台湾絵画を予習しておくのに、彼ほどうってつけの人はいないと教授は思った。しかも折りよく、昨年、彼は台北から東京に戻ってきているのだという。

さっそく、教授は石川氏に手紙を書いた。

《先生は、帝展の招待日に出席のご予定がおありでしょうか。もしも、いらっしゃるようでしたら、帝展が開かれている東京府美術館の応接室で、お目にかかりたく存じます。時間は、午後二時ではいかがでしょうか》

応諾の返事はすぐにきた。

当日、時間通りに現れた石川先生は、長身痩軀で、背広に蝶ネクタイの似合う紳士である。藤島教授が堂々たる風采で、羽織袴であるのとは好対照だった。お互いの自己紹介で話が年齢におよぶと、教授が慶応三年生まれの六十六歳であるのにたいして、先生は明治三年生まれの六十二歳であるという。互いに御一新前後の誕生だったわけで、《騒然とした時代に育って、西洋画を志してきた二人が出会えたことの奇遇》を感じて、先生と教授のあいだは一気に縮まった。

　石川先生は問わず語りに語りだした。

「わたしは来日したイギリス人画家の通訳をした経験から、水彩画に目覚めました。そのせいでしょうか、台湾で学生たちと一緒に外出して写生するときも、わたしの視線は西洋の匂いがする風景や歴史的建造物に向かいがちでした。こんなわたしの体験談が、藤島教授のお役に立ちますのでしょうか？」

　これを聞いて教授は、《この人ならば台湾絵画の発達を、自分の手柄であるかのように脚色しないで話してくれるだろう》と確信した。というのも、台湾画壇の恩人といわれるような人物は、――歴史は勝者によってつくられるではないが――得てしておのれの功績を自慢しがちなものだ。ところが石川先生はといえば、あくまで個人的好みで、台湾にイギリス風情を探してきたという。そんな人なら、自分が植民地政策の代理人となって台湾美術を近代化したなんて大ぼらは吹かないだろうと踏んだのである。

　はっきりいえば、先生の画業が台湾総督府の同化政策と一線を画してきたことに、教授は安堵した。《そんな石川先生の目に、最近の台湾美術展はどのように映っているのだろうか？》はやる気持ちを抑えながらも、教授はいきなり核心に迫った。

「先だって画家仲間と台湾美術展の話をしていたとき、『地方色《ローカルカラー》』という言葉を聞きました。あれはなんでしょうか?」

「地方色は、いまでは台湾絵画の証明のようなものですね」

「いかにも南国といった感じの、原色を使った絵のことですか?」

「地方色は、もとはといえば写生の副産物でした。こんな話をするのは釈迦に説法ですが、屋外で写生する際には、台湾の自然を象徴する赤、黄、緑の原色や、その土地に固有の樹木や草花、そして家並みや、風俗・習慣・特産物に特有なかたちに注目しないと、絵が生き生きとしてきませんよね。わたしは学生たちを、野外の写生によく連れていったものです。地方色の流行は、わたしにも責任の一端があるのかもしれません」

「わたしが東京で聞いた地方色《ローカルカラー》という言葉には、政治色がからみついていました」

教授がこういうと、石川先生は顔をくもらせてしまった。

「そうなんです。わたしも憂慮しています」

「地方色は、政治色に汚染されだしたんですか?」

「国民精神総動員などという標語が、新聞で見られるようになってからなんですが、台湾絵画に顕著な地方色《ローカルカラー》は、日帝が台湾人に日本精神を浸透させるときの、有効な手段になりそうだ、と考えるお役人や画家が増えたように感じます」

「東京でも、そんなことをいう絵描きがいました。でも、わたしには荒唐無稽な話に聞こえました。地方色は台湾独立の文化的象徴なんじゃないかって、わたしは異を唱えました」

教授が熱い調子でこう反論すると、先生は、

「わたしは老婆心で、先走って心配しているのかもしれませんね。おっしゃるように、台湾人が愛着をもつ郷土の『地方色』と、宗主国が押しつける『日本精神』とはほんらい無関係なはずです。

ですけど、地方色は台湾のアイデンティティと通底していますから、日本の同化圧力がつよくなると、台湾人は地方色を日本に抵抗する根拠と見なすようになりました。いわば芸術が政治の舞台で語られだしたのですが、それは台湾絵画が、地方色さえ強調されていればそれでいいんだ、というような形式主義に陥っていく道でもありました。いわば、台湾絵画は画家個人の信念を欠いたものになっていったのですが、そこに台湾の未熟な芸術を啓蒙するという日帝の介入を引き込む隙ができてしまったのです」

「うーん、そうなんでしょうか。でも確かに、台北には天照大神《あまてらすおおみかみ》を祀る広壮な台湾神社が建立されているそうですからね。日帝が本腰を入れて台湾人の心を、日本に帰順させようとすれば、その攻防の過程で、地方色が台湾と日本の双方から利用されだしたとしても不思議ではありませんね」

「台北に住んでいますとね、そう見えるんですよ。台湾の画家が地方色に着目した当初、そこには独自精神を育む源泉という崇高な理想がありました。でも、その理想は最近では矮小化されて、愛国の記号に成り下がっているんです」

「日本でもしばらく前までプロレタリア美術が流行っていましたが、あれなんかも妄信的にもてはやされると、絵画が痩せ細っていくようにわたしには感じられました。石川先生は台湾画壇の思考停止を心配されているわけですね」

「台湾絵画の地方色は、日台文化の紐帯となる日本精神の発露であるとまでいいきる人は、まだ登場していませんけどね。ですが、わたしが気になるのは、いわゆる進歩的知識人といわれる人たちの言説です」

「彼らは、なんといってるんですか？」

「ヨーロッパ絵画に学んだ日本の西洋画は、制度だといいだしたんです」

「どういう意味ですか？」

「そうですね、仏造って魂《たましい》入れず、ということわざがありますが、彼らの考える西洋画とは、《魂を入れる前の偶像》ではないでしょうか」

「神が宿る前の彫像、という意味ですか？」

「分かりにくい譬えでしたかね」

「石川先生は、偶像には世界各地でご当地の神々が宿るように、ヨーロッパ絵画も異郷に移植されれば、そこで土地の真精神《エスプリ》が宿ってもかまわない、とおっしゃっているのですね」

「わたしではなく、進歩的知識人がそう考えているわけですけどね！　ヨーロッパ絵画の台湾版も制度だということになると、さっき教授は心配しすぎだとおっしゃってましたが、台湾絵画に宗主国の日本精神が宿ってもおかしくないという理屈を、否定できなくなってしまうのです」

「なるほど」

石川先生の説に、教授は共感しつつ、しかしそれに反対する自説を付け加えた。

「わたしもこれまで、ヨーロッパの油絵技法で、アジアの風景や人物を描いてきました。ヨーロッパ絵画の真精神《エスプリ》が摑めなかったこともあり、郷に入れば郷に従えで、ヨーロッパ絵画が世界各地で変容して、しかるべきだと考えてきたのです。ですからわたしも、先生が喝破された《日本の西洋画を制度として見ている知識人》のひとりだったことを認めます。

しかしながら、年をとって考えが変わってきました。ヨーロッパ絵画にかぎらず、異国の絵を、日本や台湾の土壌に移植することのむなしさを感じはじめています。わたしがどれだけ忘れたつもりでいても、ヨーロッパの油絵技法には、キリスト教や古典ギリシャ哲学に由来する西洋人の心もちが染みこんでいます」

「そうすると、教授は日本の油絵も台湾の油絵も、ヨーロッパ絵画の辺境ヴァリエーションであってはならない、とお考えなわけですね」

「まさしくそうです！　わたしは一介の絵描きですから、大きなことはいいたくありません。ですが、東洋人の描く油絵が帝展の西洋画のような絵、つまり和魂洋才あるいは台魂洋才の産物であってはならないと思いはじめています。洋才にひそんでいる西洋文化の遺伝情報は、いずれ牙を剥いて和魂や台魂を蝕むことでしょう。

石川先生が、台湾のありのままの自然にシンパシーをいだいて、水彩絵具で台湾風景を描いてこられたように、わたしも日本や東洋の自然を、洋才というモデルにあてはめて描いてはいけないと、自分に言い聞かせています」

「わたしの意を酌んでくださって、ありがとうございます。正直にいえば、これまでわたしは、そういう問題から目を逸《そ》らしてきました。学生と写生して回った台湾の自然は、あまりに牧歌的でした。気がつけばわたしは、彼らと一緒になって台湾への郷土愛を語り合っていました。

けれども、わたしはあるとき気づいたのです。自分も無意識のうちにイギリス人のように、異邦人の目で台湾の自然を観照してきたということを。ですから、台湾の西洋画を制度として認識してきたという点では、わたしも進歩的知識人とのちがいは五十歩百歩だったというべきです」

「そんなにご自分を責めないでください。それよりも残る疑問は、台湾絵画の地方色は、日本精神の発露であると論証していった、その強引なメカニズムですね」

藤島教授の思考は、ついに核心に到達した！

「教授の疑問は、もっともだと思います。唐突に聞こえるでしょうが、そのメカニズムの後ろ盾は、『八紘一宇』(2)の思想ではないでしょうか？」

「にわかには、理解できません」

「木に竹を接ぐような話に聞こえましたか？」

「まったく!!　八紘一宇は世界をひとつの家のように統合し、地方色《ローカルカラー》は地域の個別性を主張する思想ですからね。両者は敵対こそすれ、相容れることはないでしょう」

「ですが、台北で暮らしていますとね、日本は、自分たちがいなければアジアは分裂したままだということを証明するために、逆説的に、台湾や朝鮮の地方色を必要としているのだと感じるのです。八紘一宇とは、日本が中心になってアジアを統合するという、植民地経営を正当化する思想なんですから。わたしはそういう功利的な思想によって、台湾の地方色が汚辱にまみれていくのが腹に据えかねるのです」

「石川先生のおっしゃっていることは、一言でいえば、台湾美術展を風靡している地方色は、すでにして日本の同化政策の一翼を担っている、ということになるわけですね。でも、わたしはそうは考えたくありません。でないと、わたしは台展の審査をすることができなくなります」

教授がこういうと、石川先生は、

「わたしには、現下の潮流を押しとどめる力はありません」と、さびしくいうばかりだった。

§

石川先生に教えを請うた約一週間後、藤島教授は台展の審査場にいた。西洋画部門の応募作を目のあたりにして、教授は言葉を失った。地方色《ローカルカラー》は流行しているどころじゃない。氾濫していた。

もっともその多くは、石川先生がいっていたほどには、政治色をつよく感じさせなかった。どちらかといえば、絵葉書のようにお定まりの旅情を掻きたてていた。しかしなんにしても、これらの絵をどのように審査すればいいのだろうか、と教授は思い悩んだ。彼は、審査の尺度を持ち合わせていなかった。

とくに石川先生が危惧していたように、台湾絵画の地方色が、《日本が台湾に同化政策を押しつけていることをカムフラージュするための宣撫《せんぶ》工作、つまり日本が台湾の自立性を尊重しているように見せかけるためのアリバイづくり》であるとすれば要注意だ、と教授は考え込んでしまった。

ほんとうにそうならば、新聞記者から審査評語を求められても、《台湾の風景や植物が、南国独特の原色によって、鮮やかに描かれていました》なんて能天気な談話を残した日には、とんだ道化役を演じてしまうではないか、と教授は頭を抱えこんだ。

かといって帝展で日常化している、学校長訓示のような毒にも薬にもならない、誰からも文句をいわれない、それでいて自分の芸術的信条が忍び込んでいる審査方法をもちだすことも憚《はばか》られた。いうまでもなく、それでは結果的に帝展「西洋画」の伝道者になってしまうからだ。

さて、どうしたものか。考えあぐねた藤島教授は、四人いる西洋画の審査員のなかではいちばん若く、しかも台湾人である廖継春《リャオジーチュン》氏に意見を聞くことにした。読者はご記憶だろうか。廖継春は陳澄波の祝賀会で、王白淵《ワンペイユアン》と口喧嘩した人物である。澄波と同時期に、東京美術学校の図画師範科に在籍していたので、教授も彼の顔には見覚えがあった。彼は石川先生が内地に戻ったので、その後任の審査員に抜擢されたものと思われる。

「あなたのことを『廖《リャオ》くん』と呼ばせてもらってもいいですか？」

「もちろんです、先生。美術学校ではお世話になりました」

「廖くんは、応募作に多い地方色《ローカルカラー》を強調した絵をどう思いますか？」と教授が訊ねると、廖は優等生の意見をいった。

「台湾は日本に倣うといいんですよ」といって、彼は話しはじめた。彼の説を要約すれば、こういうことだった。

《所詮、アジアはヨーロッパから遠く離れているんですから、日本の画家も、台湾の画家も、外来の油絵技法で自国の風土を好きなように描けばいいんですよ。というよりも、ぼくらにはそうするしか方法がありません》

教授が、「そうした応募作を、廖くんはどのような尺度で審査するつもりですか？　わたしはほとほと困っています」というと、彼は、

「ぼくのように東京で西洋画を学んできた人間は、そもそもヨーロッパ絵画のなんたるかを知ることなんてできませんでした。帝展風の絵をマスターすることで精一杯でした。陳澄波先輩が、そこから抜け出そうと苦心していることはよく知っています。それを尊敬してもいます。ですが、ぼくには出来そうにありません。

自分がそうですから、審査にあたっては、その絵の作者が到達した精神を探るのではなく、夭折した陳植棋《チェンジーチー》がそうでしたが、並はずれた腕前を身につけているかどうかで、絵を選別するつもりです」と醒めたことをいった。

教授は廖継春の話を聞いて、こんなに台湾の若者を悩ませている、政治に染まった地方色などという言葉を手掛かりにして絵の入落を決めるなんて、まっぴらごめんだと思った。

台湾の絵を席巻している地方色なんて、酒場の友情のようなものだと教授は思った。《酔いが覚めれば、かりそめの友情なんておぼえている人はいない。「地方色」も、いまでこそ台湾

人に国粋主義を触発する政治用語だと思われているが、台湾が独立して平和を謳歌する日がくれば、この言葉に憑《つ》いている狐も落ちるだろう。そのとき地方色は、もとの普通名詞に還元されるはずだ。名山、名勝、名物のように、ありがたいだけで実害のない言葉に、はやく戻って欲しい》

教授は、こう期待した。そして、《こんな言葉に乗せられて、台湾の絵を政治的な目で見たりするものか》とひそかに決心した。

11　エルテルのナナ子

ところが、そんなけなげな決心にもかかわらず、それを台無しにしてしまう失態を、教授はみずから演じてしまった。その原因は、教授自身の甘さにあった。

一九三四年十二月末に、二回目の台展審査で訪台したときのことである。教授は審査がすむと、台南の孔子廟や、最南端の高雄港にまで足を伸ばして、油絵を三十余点、パステル素描を数十枚描いてきたのだが、そのとき台湾新聞から受けた取材への受け答えがまずかった。

送られてきた掲載誌を見て、ものに動じない教授も青くなった。自分の六十七年間の画家人生は、天真爛漫にすぎたのではないかという思いにとらわれた。

台湾の地方色について訊かれても、この言葉を不用意に振りまわすと、日本を敵視している台湾の画家や知識人から反撥されかねない、と注意して記者の質問に答えたはずだった。そして、上手に切り抜けたつもりだった。

ところが、《羹《あつもの》に懲《こ》りて膾《なます》を吹く》ではないが、教授は過剰に反応しすぎた。地方色を、毒にも薬にもならない意味にまで還元して、使ってしまったのだ。その語り口は、観光客が面白半分に、その土地の景色・女性・食べ物を楽しむような調子だった。

これは同化政策の宣教師として振る舞うよりも、ある意味もっとまずかった。《あの人は政治嫌い、というよりも、政治的センスのない人なんだろう》と思われてしまった。

記者 画伯の目でご覧になると、台湾に絵になる風景はありましたか?

藤島 台湾はわれわれ画家に残された処女地です。台湾の空と樹と建物、そして動く人物との色彩的な階調は、南欧の風物よりも、自分の画心を嗾《けしか》けるものが強かつた。水牛の群れる田園の風景や、農婦の黒い被衣《かつぎ》などは、ローマ郊外を髣髴させるものがあり、イタリー、西班牙《スペイン》の風俗によく似てゐて懐かしかつた。

今度の主な目的は、台南、孔子廟をカンバスに表現するためであつた。この孔子廟のスケッチだけに、十日余りの労力を費したが、あの立体的な建物の、簡潔な明暗を截《き》る線と、紅い壁色の鮮明な印象は、今にも眼底を去らない。

……中略……

記者　生粋の本島女《ほんとうおんな》(1)はいかがでしたか?

藤島　台湾生粋の女の美は、東京の女以上だと思う。自分のスケッチした女たちは、主に大稲《だいとう》埕《てい》花街の芸姐や女給であつたが、西洋と東京の混血したような際立つた顔の輪郭や、大胆にウエーヴした断髪、柔らかい肢体はピツタリと衣服に調和して、人物画としても面白いポーズがスケツチできた。

ことに台南新町の本島人貸座敷を案内して見せて貰つたが、建物室内の装飾は恰度《ちょうど》工場か学寮といつた感じで、そのなかにいろいろのイブの娼婦たちが生活してゐるを描いて来たが、完成された文明の表情よりも、かうした陋窟内の人間の有つ特異性が、却つて自分の心を捉え、ソクラテスが哲学問答をやつたと伝えられてゐるギリシヤの娼婦達の生活も想出されて興味を誘つた。

記者　台湾料理はどうでしたか?

藤島　喰物にしても、台湾料理は東京で喰べる支那料理などより、どんなに美味か知れない。東京の支那料理は乾物を主としてゐるが、台湾のそれは新鮮な材料なだけに、料理の味覚が生々としてゐるわけだ。

記者　台湾の画壇についてもご感想をいただけますか？

藤島　台湾の外郭団体として、台陽美術協会(2)や南方美術連盟の生誕を見たことは欣びに堪へない。日本の画壇も、今日では既に外国模倣時代を脱して、日本人としての芸術を開拓してゐるやうであるし、事実その例証としては、一と頃のやうな渡欧熱が最近は沈静して、新帰朝者の収穫として日本画壇が吸収すべき新運動は何一つない現状である。芸術家は要するに、一つのイズムによる論争を脱却して、よく個性的に生きてゆくべきで、本島の画家諸君も理論のみに陥る「描かざる画家」とならぬやう……。この危険さへ避け得らるるならば、先にも述べた様に、世界的に優れた環境を有つ台湾の大自然の懐ろからは、この熱帯のローカルカラーをしつかりと把握した有望な画家達が出現することは、等しく待望されるところであると、自分は信じてゐる。

§

《なんとも軽薄な受け答えではないか。このなかで画家らしい卓見が光る部分といえば、孔子廟の「簡潔な明暗を截《き》る線と、紅い壁色の鮮明な印象」というくだりだけじゃないか》と教授はつぶやいた。あとの部分では、訊かれたので答えたまでだとはいえ、自分の生半可な「地方色」批判が暴露されてしまっている、と教授は独りで顔を赤らめた。

台湾に戻っている教え子たちが、この新聞を見たらどう思うだろうか？　彼らはわたしのことを、軽蔑するだろうか？

《藤島先生は学校で、「地方色なんていう安易な視点で、故郷を描いてはいけないよ。台湾人の精神を絵にしなさい」、なんていってたけど、台湾の田園風景を見て、ローマ郊外や西班牙《スペイン》を思い出すなんて、結局は西洋留学したことのある特権的な目で、ぼくらの国を見ていただけなんだ》

こう思われても仕方がないと、教授は後悔した。

とくに、「本島女」と「喰物」の段落は最悪だ。教え子たちは自分を、《観光気分で台湾を旅している》と誹《そし》るのではないか、と彼は心配になった。《いや、他人にどう思われるかではない。「高雄の支那料理は、材料が新鮮だから味覚が生々としている」なんて、よくもあんなに上から目線の感想がいえたものだ。あれこそ、支配者ぶった「地方色」讃美の典型例ではないか》と、彼は自分の情けなさを苛《さいな》んだ。

極めつきは、「エルテルのナナ子」[3]のパステル素描を、記者に渡してしまったことだ。あとで返してはくれたが、記者はあれを読者の目をひく挿絵《さしえ》に使ってしまった。教授は油絵でも「台湾女」を描いているし、モデルはやはり芸妲から選んでいた。が、そちらの絵では、高地族出身者らしいその女の矜恃を、西洋と東京の混血したような彫りの深い容貌によって際立たせていた。

ところが「ナナ子」のほうは、ちがった。蠱惑《こわく》的な雰囲気が出てしまった。パーマネントを掛けたらしい髪型、アイシャドウを引いて目を大きく見せたメイク、孔雀の羽のような大柄模様のドレス。モデルが娼婦だったせいか、それとも場所が陋窟だったので、画家がその雰囲気に呑まれてしまったせいか、ナナ子は、ハリウッドの西部劇映画に出てくる、酒場女を想わせた。

《あの挿絵を見て、わたしの古傷を思い出す奴がいなければいいのだが！》

もう二十五年近くも前のことだが、藤島教授は個人的に絵を習いにきた若い女性に、性的衝動を抑えきれず言い寄ってしまい、その女性の情夫から脅迫されたことがあった。匿名とはいえ、新聞の社会面にも出てスキャンダルになってしまった。

教授は「ナナ子」の素描を思い出して、情にもろいといえば聞こえはいいが、社会の掟や道徳にしばられるのを嫌う、大人になれない性格は、年をとっても変わらないものだと、自分で自分に呆れてしまった。

教授としては、挿絵にせめて紅い壁色を描いた「台湾孔子廟」を使って欲しかった。が、《あのとき自分は、退嬰的な気分を発散していたのだろう》と思って、自分を納得させるしかなかった。

かつて教授は、自分が手塩にかけて育てた曽《そ》宮《みや》一《いち》念《ねん》(4)からも、「先生の詩情なるものは、物語り叙事的のものではなく、色彩と明暗と画面全体が、活きて醸しだす詩情ですね」と指摘されたことを思い出した。当人としては、風景や人物を見て、そこに刹那の感情を催させる絵よりも、そこに浩然たる気概をいだかせる民族譚のような絵を描きたいと願ってきた。だが台湾新聞の記事は、世間が彼をそんな画家だと見ていないことを教えてくれた。

結局は、地方色という言葉の政治利用を批判するばかりで、植民地に生きる人の深淵にうずまく精神を、いまだに掬いとれない自分が悪いんだ、と教授は自分の不甲斐なさを責めた。

さて、《どうすれば、わたしは「物語り叙事的」な絵を描ける画家になれるのか》、そう思いながら、教授は三回目の訪台で待ちかまえているかもしれない試練を想った。

12　移植は創造ならず！

台湾美術展も三度目となると、教授は審査にも手慣れてきた。台湾新聞で受けたショックからも、立ち直ってきた。教授が手際よく審査を終えて、控え室で一服していると、そこに陳澄波が訪ねてきた。《あいつは、いつも突然現れるなあ！》

いよいよあの記事の反応がでてきたのかと、教授はゆるんだ気持ちを引き締めたが、澄波は懐かしさを顔面いっぱいにあらわしていた。

「このところ淡水《タンシュイ》で写生の日々を送っているのですが、そこから台北までは汽車で五十分ほどなので駆けつけてきました」というのだった。お互い積もる話もあったが、今日は近況報告だけにして、二人は翌日の午後二時に淡水駅で会う約束をして、その日は別れた。

翌日、教授を乗せた汽車が淡水の停車場に着くと、陳澄波が待っていてくれた。いつでも、どこでも、気が向けば絵を描くつもりらしく、絵具箱や折りたたみ式の画架《イーゼル》が詰まったリュックサックを背負っていた。

「淡水は河口にできた町で、すぐ近くに湊があります。そこも風光明媚なところですが、でもすこし先の高台に行けば、そこからは淡水河の対岸に観音山が見えます。画家たちが絵にしてきた眺望ですから、まずはそこに向かいませんか」と澄波が誘ってくれた。

教授に異論のあるはずもなく、二人して湊の反対側に歩きだした。停車場を出ると、イカや貝を焼く屋台や、鞄や雑貨を並べる店が密集する老街《ラオジェ》(1)があった。それを見て教授は、中近東の絨毯や家具を商う店や、文化人の集うカフェが軒を連ねる、パリのパサージュ[2]を思い出した。が、新聞記事の西洋追憶で懲りたので、もちろんそんなことは口に出さなかった。

老街を抜けると、高台が見えてきた。しかしそばに行くと、それは高台どころではない。小なりといえども木々に覆われた山である。淡水は山が海に迫っているところらしい。立ちくらみがしそうだと思ったが、澄波の親切を思って、教授は彼の後についていった。

急勾配の坂道の先に、小さく開けたところがあり、二階建ての洋館が建っていた。家の前には、《好日好日 又好日 木下静涯[3]》と刻んだ、巨大なタマゴのような石碑が置いてあった。

澄波が玄関から声を掛けると、女性が出てきて、「主人はそこまで出掛けていますが、画家の方々の来訪をとても喜びますので、よろしければお待ちになってください」といって招じ入れてくれた。

夫人の話では、木下静涯氏は台湾美術展の審査員を、その開始当初から務めているということだった。しかし、教授はうかつにも彼のことを失念していた。教授の立場に立って好意的に解釈すれば、これは仕方のないことだった。

木下画伯の審査部門は「東洋画」だったし、今年はなぜか審査に加わっていなかった。それになによりも、台展を初めて審査したときの教授は、地方色の氾濫を目のあたりにして気もそぞろとなり、他部門の審査員名を覚えるどころの騒ぎではなかった。

窓の外には、名前の分からない大木や、蔓が絡み合いながら大きくなった南洋らしい木が見えた。木々の葉をゆらしながら吹き込んでくる海からの風が、涼しかった。一時間もすると、家のあるじが帰ってきた。

「藤島先生のご高名は、かねてから聞きおよんでいます。実はわたしも、昨年と一昨年は台展の審査をご一緒していました。陳さんのお噂も聞いていますよ」と、木下画伯は如才なく二人を気づかいながら、二階の画室に案内した。

バルコニーに出てみると、なるほど澄波がさっきいってたように、川向こうの観音山が大きく見えた。画伯が、「そろそろ日没なので、観音山の夕景色を見ていってはどうですか、ここからだと南方向になりますが、それでも日射しを斜めに浴びた山容は壮観です」といって、勧めてくれた。

さらに画伯は、女中が運んできた日本酒の瓶を見せながら、「いい酒がまだ残っていました。『朋《とも》あり遠方より来たる、亦《また》楽しからずや』です。澄波くんも、一緒に飲みましょう」などといいながら、封を切って客たちに酒をついだ。

そして、「もし明日の予定がなければ、今夜はぜひ澄波くんと一緒にお泊まりください」という。これには恐れ入りながらも、二人は画伯のご厚意に甘えることにした。

木下画伯とは、実質的には初対面のようなものだから、教授は緊張した。なにしろ、この人もあの新聞を読んでいないとはかぎらない。陳くんだって読んでいるかもしれない。

しかし、警戒しながら話をするのも無粋なので、教授はみずから切り出すことにした。

「去年の暮れ、わたしは台湾新聞の取材を受けまして、その記事が今年二月の新聞に載ったのですが、ご覧になりましたか？」

はたして、二人とも読んだという。

「あんなふうに、面白おかしく記事にされるとは思わなかったのですが、いやはや汗顔《かんがん》の至りです」

教授のいわんとすることを察した画伯は、

「あの記事によると、先生は美食家のようですな。ここ淡水も、新鮮な魚が豊富なところですよ。今日はどんな魚が上がってますか、あとで鮮魚店に聞いてみましょう」といって、話の矛先を変えてくれた。

澄波も、「新聞で先生の顔写真を見ただけで、美術学校での日々がよみがえりました」などと調子を合わせてくれた。

これで気が楽になった教授は、「台湾に来てみて、わたしは目が覚めました」と、胸につかえていたものを吐きだすように話しはじめた。

「台湾の画家たちの気持ちが、すこしは分かるようになりました。とくに、『再移植』とでもいえばいいんでしょうか、日本がヨーロッパから移植した西洋画を、ふたたび台湾に移植しなければならなかった留学生たちの悲哀ですね。

最初のうち、わたしは憂慮してもしょうがないと思っていました。先進国から後進国への、あるいは宗主国から植民地への文化の伝播って、水が高いところから低いところに流れるようなものでしょう。ヨーロッパ、日本、台湾の力関係は、国力の絶対的格差に由来していますからね。それに、わたしごとき一介の絵描きが、日本の東アジア侵略を批判してみたところで、どうなるものでもありません！　本心では傍観者だったんです。ところが、その気持ちが徐々に変わってきました」

§

これは腰を据えて聞かなければならない話になってきたと感じた木下画伯は、女中を呼んで、夕食には新鮮な魚料理をだすよう申し付けた。そして、おもむろに、

「教授のお気持ちを変える、なにかきっかけがあったのですか？」と尋ねた。

「やはり、台湾美術展ですね。わたしは台展の応募作を見て、留学生たちの心の葛藤を察したのです。審査場を歩いていたとき、わたしは帝展の会場にいるような錯覚にとらわれました。欧米人がわたしたちの顔を見ても、日本人と台湾人の区別がつかないでしょう。あれと同じです。絵を描く動機に彼我の違いはあるにせよ、台展の絵には帝展の絵と区別がつけにくいものが多くありました。日本の西洋画から容易に抜けだせない自国の絵を見て、心ある元留学生たちは、憤懣やるかたないのではないでしょうか」

「教授のお話を伺っていますと、結局、その再移植には、台湾絵画にたいする日本の同化政策が忍び込んでいたということになりませんか？」

「そうです。わたしは自覚せずに、台湾絵画を日本化する片棒を担いできたのではないかという念に囚われているのです。というのも、東京美術学校に内地留学してきた台湾の画学生たちに、わたしは自分がせっせと和洋化した西洋画を教えてきたのですから。

台湾から来た青年たちにたいするわたしの絵画教育は、台湾人を皇民化(4)するという日帝の論理に、結果的にではあるのですが、沿うものでした。自分が、同化政策の信奉者だとぬれぎぬを着せられかねないかと覚悟しています」

「だとすると、教授の教育は、巧まざる同化政策ということになるのでしょうから、それにたいする自責の念から逃れることはむずかしいでしょうね」

「七十歳近くにもなって、書生のような正義感で自分に腹を立てているなんて、自分が滑稽に思えてきますがね……」

「教授のもとで学んだ台湾の青年たちは、そんなに苦悩していたんですか？」

「当時、彼らの心の内は分かりませんでした。再移植の苦悩をわたしに直接いってくる留学生も、すくなかったです。ここにいる澄波くんは、めずらしい人でした」と教授がいうと、澄波はなにもいえずに赤くなってしまった。

「でも、澄波くんとのあのときの対話は、わたしにとってもいい思い出ですよ」というと、教授は澄波のほうに向いて、「きみは、どうやって東京美術学校の西洋画から脱皮したのですか？」と訊ねた。

澄波は美術学校を卒業した後の、上海で味わった開放感や、帰国してからの絵画三昧についてかいつまんで説明した。教授はそれを聞くと、

「わたしは自分の天真爛漫な画家人生に、ほとほと呆れます。自分は日本の植民地政策に無頓着でした。日本画壇の太平楽に、どっぷり漬かっていたんでしょうね。

帝展にも審査員の人選や運営をめぐるゴタゴタはありますが、台湾画壇が直面している危機とは比較になりません。日本の画家たちも、それなりに真剣なのですが、紛糾の根底にあるの

は、高まってくる日本精神にたいする態度のちがいであるとか、画壇内での権力闘争のようなたぐいです。それにたいして、この地の画家にとっていちばんつらいのは、どうやって台湾にヨーロッパ絵画を根づかせるか、その方法がひとつに収斂していないということではないでしょうか？」

これを聞いた画伯は、思いがけないことを口にした。

「お言葉ですが、ヨーロッパ絵画を受容する方法は、ひとつに収斂していなければいけないのでしょうか？　わたしのように長く台湾に暮らしていると、この地の人たちは、バラバラであることを楽しんでいるようにさえ見えることがあります」

「この国の美術は、長らく宋元の山水画や、明清の花卉《かき》図が主流でした。そこに日本から帝展風のヨーロッパ絵画や日本画が入ってきました。ですから、それらの受容とセットになって輸入された絵画観も、老荘思想[5]、文人精神[6]、国家主義であったりと、とうぜんバラバラでした。これらを強引に統合する、皇国史観[7]なんてものが、この国にあろうはずがありません。なにごとも規則で律しなければ気がすまないという思考法は、われわれ日本人の悪しき習性かもしれないと、わたしのような半台湾人は思うのです」

「いわれてみれば、そうですね。わたしなんぞは元来いい加減なたちで、東西の風俗を調和させたような、ありていにいえば折衷したような絵を描いてきましたが、台湾絵画の現状を見てこんなことをいいだしたのは、過剰反応だったのかもしれません」

§

澄波が、「観音山に夕日が当たってますよ」といった。それを合図に、一同はバルコニーに出てみた。山から海へと向きを変えた夕方の陸風が心地よかった。台北と淡水の湊を連絡する定期便らしい小型客船が、淡水河を下っていった。瀟湘八景図の「遠浦帰帆(8)」を見ているような心もちだった。

座敷に戻ると、主人は客に日本酒をつぎ、肴のからすみをすすめた。そして教授に、

「これからどのような絵をお描きになるのですか?」と問うた。なにげない一語のはずだったが、教授はふかく考え込んでしまった。

「まだわかりません。わたしはヨーロッパ仕込みの絵に、日本人の感性を盛り込もうと悪戦苦闘してきましたが、これからはすくなくとも、日本人を情緒的に酔わせるような、ロマンティックな絵は描くまいと心に決めています」

「ロマンティックな、とは?」

「かつて蘇州に遊んだ谷崎潤一郎は、『天鵞絨《ビロード》の夢(9)』を書いて、日本人の中国慕情を掻きたて

ましたが、人びとの東洋憧憬を刺激して、観覧者を夢幻の境地に誘うようなまねは、もうするまいと思っているのです」

神妙な面持ちで聞いていた画伯が、

「しかし教授の絵の持ち味は、豊富な色彩が醸しだす詩情と、意表を突くモチーフにあると、わたしなんかはいつも感服しておりましたが……」と応じると、教授は、

「よく解釈してくだされば、そういうことになるのでしょう。しかし反面、それは欠点でもありました。東京美術学校の同僚である小林萬吾《まんご》教授には、『藤島の絵はまとまらない』などと陰口を叩かれている始末です」というのだった。

「ということは、教授は抒情詩を止めて、骨太い叙事詩のような『構想画』を目指すのですか？」

「そうですね」といったきりで、つぎの言葉を探しあぐねていると、画伯が教授の盃に酒を注ぎながら、助け船をだしてくれた。

「これは釈迦に説法ですが、古来中国には『読画』(10)という、絵を観るときの作法があります。絵は観るだけではなく、その意味を読むものだという教えです。教授は、巧まざる同化主義に陥るのを予防するために、ご自分の描いた絵が世間からどのように解釈されるかを、あらかじめ読画しておくべきだとお考えのようですね」

「いやはや、お察しの通りです。わたしも読画が大切だと思ってきました。さっきもいいましたが、留学したときも、ヨーロッパ絵画のなんたるかを読み取ろうと躍起になったものです。が、力およばずでした。それを成り立たせている真精神《エスプリ》を洞察できなかったのです。帰国後、気がつけばわたしは、その努力を棚上げしていました。それに替えて、ヨーロッパ仕込みの絵に似合う日本版の真精神《エスプリ》を探してきたのですが、それもいまだに決定打が見つかっていません。右顧左眄《うこさべん》といったあんばいです」

これを聞いて画伯は、「偉そうなことをいいましたが、わたしも道半ばです。絵を支える精神を読むというと、たとえば老荘思想のような、俗世を嫌って深山に隠棲する知識人の精神を発見することのように思われがちですが、現代ではひとり一人の画家が創造するものなのかもしれません。だから、そもそも発見などできないわけで……」といいつつ、盃を一気に飲みほして、「ところで、澄波くんはそいつを摑めましたか？」と話を陳澄波に振った。

びっくりした澄波は、「わたしの場合、さっきも教授にお話したのですが、帝展絵画から脱け出すのがたいへんでした。でも中国大陸に渡ってからは、解放されたように思います」と、的外れながらも、なんとか返答した。

画伯が、「中華民国はやはりちがいますか？」と訊くと、

「ぼくはあの頃、美術教育に全身全霊を捧げました。本業の芸術専科学校での教員以外にも、

福建省の美術展覧会や、上海市の全国美術展覧会で審査員を務めました。応募者の大半は絵の初心者でしたが、そういう野心のない芸術家たちとの交流が、ぼくの原点である《質朴な暮らしへの愛着》をよみがえらせてくれました」と澄波は答えをしぼりだした。

画伯は、澄波の地に足のついた話に興味をもったらしく、

「澄波くんの絵には、日本人に向けて台湾を自己アピールする、地方色《ローカルカラー》があまり感じられませんね。最近もあちこち写生旅行をされているようですが、故国のどこに引かれているのですか？」とかさねて訊くと、澄波は困ってしまい、

「なにに引かれているのか、自分でもよく分からないのです」と答えるのがやっとだった。

これまで黙って二人のやりとりを聞いていた藤島教授も、澄波の自分を飾らない話し方に触発されたらしく、話に加わってきた。

「澄波くんは、風景と人物では、どちらが好きなんですか？」

「どちらかに焦点を当てているわけでもないんです。でも強いていえば、ぼくは人が生活している匂いが好きなんです」

これを聞いた教授が、「合点《がてん》がいきました。澄波くんの絵では、人物が大きく扱われることはないようですけど、でも点景のように人びとが描き加えられているから、それできみの風景画からは生活臭が伝わってくるんでしょうね」と応じると、自分の気持ちを汲んでもらえて嬉

しくなった澄波は、

「たとえば何気ない風景をモチーフにした絵でも、ぼくの場合は家並《いえな》みを描き加えている絵[11]が多いんです。家並みには、そこに住む人々の『土着性』が滲みでていますから。ぼくはどこかで見たような、既視感のある風景を描くのが嫌なんです」とすこし雄弁になった。

教授も目が覚めたように、「なるほど、土着性ですか！　その言葉は東京でも、風土論[12]を唱える人たちが使うようになってきましたが、澄波くんの絵を通して聞かされると説得力がありますね。土着性は、台展の審査で地方色《ローカルカラー》に倦《うん》でいたわたしに、もういちど台湾絵画への関心を掻きたててくれます」といった。

これを聞いていた画伯も、「土着性は、わたしの心にも響きました。わたしは淡水の自然や人情が好きで、それらを墨絵や淡彩画にしてきました。そんな淡水の土着性こそ、わたしを十五年ちかくも台湾に引き留めているものです」と、あらためて澄波への共感を示した。

「澄波くん、ありがとう」といいつつ、教授はなにかが脳裏をかすめたような顔をした。そして、つづけて、

「実はわたしも、澄波くんのいう土着性を、日本の西洋画でも出せないものかと試みてきました。でもいまだにわたしは、きみがいっていた《家並みに人の生活する匂いを感じとる》とい

うような具体的な表現にたどりつけていません。わたしよりも先を行っている、きみが羨ましいです」といった。

「とんでもありません。ぼくこそ、先生のことが羨ましいです。先生は、西洋の風俗と東洋の風俗とを、縦横無尽に調和させた絵を発表してこられたではありませんか」

「ありがとう。しかし澄波くん、最近わたしは、その調和に安住できなくなっているのですよ。例の縦横無尽さは、わたしがヨーロッパ絵画の真精神《エスプリ》を摑めていないことの、裏返しの証明なのですから。

　それに、いまさらですが、ヨーロッパ絵画の真精神とは、そんなにかんたんに取っかえ引っかえできるものではないだろうという疑問に、いまのわたしは陥っています。以前、澄波くんも師事していた石川欽一郎先生が、《ヨーロッパ絵画は制度ではない》と、おっしゃっていたことが、最近身に沁みています」

「制度って、なんですか？」

「むずかしい言葉ですが、《ヨーロッパ絵画は、魂《たましい》の脱けた仏像ではない》という意味で、先生はこの警句を発していたのだと思います。われわれ非西洋の人間は、自分にとって重要な魂を、油絵具で造形化すれば、それがすなわち西洋画であると考えがちです。しかし油絵具とその技法には、ヨーロッパ人の魂が染みこんでいます。

だから、もしも本気で日本あるいは台湾の西洋画を創る気ならば、西洋人の魂をヨーロッパ絵画から根こそぎ奪ってしまうくらいの覚悟をもって挑め、と先生は発破をかけていたのだと思います。もっともそうなると、新たに創られた絵を西洋画と呼ぶ必然性はなくなるでしょうけどね。澄波くんに、その覚悟はありますか?」と教授がいうと、

「ぼくは、そんなに理論的に詰めて、土着性に執着しているわけではありません。ただ自分にはこれしかないと、頑固な気持ちでいるだけなんです」と、澄波は眉間にしわを寄せた。

　これを聞いていた木下画伯が、盃を盆に戻して、教授に尋ねた。

「石川先生の、《ヨーロッパ絵画には、西洋人の魂が宿っている》という考察に、教授が賛同されていることはよく分かりました。

　が、そうなりますと、ヨーロッパ絵画と日台の西洋画とは、どこまでいっても別物だということになるのでしょうか? これは質問というよりも、南宋の牧谿《もっけい》(13)が描いたといわれる『瀟《しょう》湘《しょう》八景《はっけい》図』などを手本にしてきたわたし自身への問いでもあるのですが……」

「石川先生の考察を聞いたとき、正直わたしはピンときませんでした。台湾総督府が日本の西洋画を政治的プロパガンダに利用するのは、阻止しなければいけないということのほうにばかり、気をとられていたのだと思います。

　ところが、わたしも西洋画を制度として理解していたことに気づいたとき、《さあ、大変だ》

と思いました。自分の従来の言辞が、ブーメランのように自分に返ってくるのを感じました。わたしはつねづね、ヨーロッパ絵画は世界のどこで描いても西洋画だと主張してきたのですから」

「わたしも教授が、雑誌にこんな趣旨の文章を寄せているのを拝読したことがあります」

《フランス、ドイツ、日本には、それぞれに異なる美術があるが、そうした地方的・部分的な特色の底には、美術の真精神が流れている》

「そうなんです。しかしこれでは、《美術の究極は、東西その軌を一にすべきである》といっているようなものですからね。美術に国境はないというたぐいの安直な普遍論を、わたしが唱えていると思われてもしかたがありません。

現代のように自我を重んじる時代に生きているわれわれは、普遍的美術なんて想定してはいけないと、考えが変わってきたのです。わたしは自分の信念が、修正する必要に迫られているのを感じました」

「そうすると、わたしがお尋ねした、和漢の絵画の比較も、両者が通底していると思わないほうがいいと、教授はお考えなわけですね」

「そういうことになりますね。そもそも普遍的絵画などというものは存在しないのですから。日本人は弥生時代から海の向こうの美術を輸入して、日本の土壌に根づかせてきました。

ですから、『移植』こそが日本人にとっての芸術創造でした。わたしも、そう信じてきました。移植は経済効率がいいし、それに移植美術は最初から洗練されていますからね。

でも、何十年もそれでやってみて、いまのわたしは《移植は創造ならず！》という心境に到達しました。長年かかっても、最初は泥臭くても、創造はやはり自力でおこなうしかないと、いまは思っています。混血児のような日本の西洋画と、わたしはおさらばします。もう、日本の西洋画とか台湾の西洋画といういいかたは、やめるべきでしょうね」

「目から鱗です。教授が危惧されている同化政策への加担からも、そのお考えならば逃れられるかもしれませんね」

「それを願っています。わたしは満州、朝鮮、台湾の人たちに、ヨーロッパ絵画の普遍性など、絵空事だと啓蒙していこうと決心しています」


すると、澄波が興奮した面持ちで、口をはさんできた。

「教授がいましがた賛同してくださったぼくの絵は、どうなるのでしょうか？　僭越ながら、普遍的な絵がないとすれば、すべての絵は土着的な絵だということになりませんか？　そうなるとぼくの場合も、わざわざ『土着性』を掲げる意味がないということになってしまいます」

教授は、この男は本気で土着性に惚れているのだなと思った。そして、こういった。

「わたしも、澄波くんのいう土着性を基礎にして、自分なりの油絵を完成させたいと願っています。しかしそれには、きみ自身が《どこかで見たような、既視感のある風景は描きたくない》といっていたように、土着性に両義的な意味をもたせなければなりません。

つまり土着性を、ある時代の、ある地方でしか通用しない特殊な絵画表現として描くと同時に、時空の境を超えた人たちにも共感してもらえる絵画表現として深化させなければなりません。語義矛盾ですが、土着性それ自体に、美術の真精神《エスプリ》を発見するということです」

このやりとりを聞いて、画伯が「わたしも中国の山水画を換骨奪胎するのは、もう止めますかな?!」というと、

「わたしももう齢《よわい》六十八ですが、これを成し遂げなければ、死んでも死にきれないという思いです」と教授が応じた。

13　既視感のない風景

一九三七年五月。藤島教授は軍用トラックに便乗して、満州の承徳(1)から、内蒙古のドロンノール(2)に向かっていた。ドロンノールは蒙古の古都で、元王朝の時代にはクビライ・カアン(3)が、政務をおこなう大都（北京）とは別に、夏に避暑をする上都を置いていたところである。

教授がそんな辺境を訪ねたのは、もちろん遺跡見物が目的ではない。台湾に行く前から描き

はじめていた「日の出」の連作を完結させるためだった。

§

三度目の台展審査から東京に戻った教授は、石川先生、木下画伯、そして陳澄波との問答を思い出して、鬱々たる日々を送っていた。

あるときアトリエで過去の自作を整理していると、隅田川の雪景色を描いた絵[4]が出てきた。それを見ているうちに、教授の心に当時の気持ちがよみがえってきた。《留学から帰って七年後のことだった。あのころはなんとかして、自分の絵から西洋臭を拭いたいという思いがあった。それで墨絵のような、日本固有の風情を感じさせる風景を描いてみたかった》

教授は自分の油絵に、西洋臭がすると人からいわれないために、つねづね意を払ってきた。しかしいざカンヴァスに向かうと、彼の目は東洋のひなびた農家が並ぶ村落に、ローマ郊外の糸杉にかこまれた石造遺跡を、和服姿の女に、ドレスを着こなすブルジョワ階級の夫人や、脚の長い豊満な裸婦像を探し求めてしまう癖が抜けなかった。

そこで、教授は隅田川の絵を描いていたときに、ふと自分の口をついて出た「寂《さ》びた風景」という言葉を思い出した。陳澄波は絵を描くときの魂《たましい》として、「質朴な暮らし」への愛着を挙げていたが、自分の場合は「寂びた風景」への愛着が、それにあたるのではないかという考えが湧いてきた。

たとえば日本の風景に溶けこんでいる神社仏閣や、それを囲む鎮守の森だ。社寺の柱や外壁の板は、長年の風雪や日射しで杢目が露わになっている。そして森の地面は暗緑色の苔で覆われている。

これらが醸しだす湿った風情は、日本を特色づける土着的なものだが、それが極東にまで旅してきた欧米人の異国情緒を満足させるものであるならば、その風情は普遍性をそなえているといってもいいのではないだろうかと教授は考えた。そんな風情を拠りどころにすれば、土着性を自己流に解釈した絵画表現を生みだせるかもしれない、とひらめいたのだ。

§

日の出の絵を描きはじめたのは、皇室から依嘱された絵画制作がきっかけだった。一九二八年のことである。昭和天皇の即位を祝うために、学問所(5)に飾る絵が求められたのだが、もっとも画題は指定されたわけではなく、教授に任されていた。

絵の発注元が皇室で、しかも画題が「日いづる国」を象徴する旭日とくれば、この画題の選択は、教授が日本の国体護持(6)を祈念した結果だと思われてもしかたがない。しかし画家本人にそこまでの意図はなかった。いや、正確にいえば、当初はあったかもしれない。が、何作か描いていくうちに、国体への忖度や、旭日にたいする世俗の通念が抜け落ちていき、日の出が生じさせる光芒一閃《こうぼういっせん》の風景に意識が引き込まれていった。

最初は、日本の日の出を訪ねてまわった。伊勢の朝熊山《あさまやま》、紀伊半島の潮岬、高松の屋島、讃岐の五剣山《ごけん》、そして瀬戸内海や神戸港、さらには軽井沢の碓井峠、土佐の室戸岬、山形の蔵王山へと旅してきた。

しかし納得できないものが残った。寂《さ》びた情趣を隠し味のように忍び込ませてみても、それでも国内の日の出はどこか箱庭のように見えて、通俗的なものになりやすいのだった。どれほど自然界の底知れぬ力を引きだそうとしても、それこそ陳澄波がいうように、どこかで見たような風景から抜けだせなかった。

訪台したときは、阿里山にまで登って、そこから遠望した新高山(7)のいただきに昇る朝日を描いてきてもいる。しかしそれでも、高い山々の間から顔をだす朝日は、芝居の書き割りのように見えてしまうのだった。

もっとスケールの大きな、大陸の日の出を見たいと願っていた。どこだって朝日は同じとはいえ、地平線から上がってくる朝日は、夜の闇を引き裂く衝撃があるのではないかと期待した。

大陸の朝日は大地、草木、鳥獣、人間に、生命の蘇りを告知するのではないかと想像した。

教授は、滞欧中に観たクロード・モネの「印象・日の出」を思い出した。それはフランスのノルマンディー地方のル・アーヴル港に昇る朝日を描いた絵だった。濃い朝靄《あさもや》から受けた印象の描写が、「印象派」という名前の由来になったといわれる絵である。

しかし教授がその絵の記憶をよびさましたのは、それが絵画史に革命をもたらしたからではない。むしろ、そんな芸術上の主義主張とは関係なく、モネが夕日と見紛うばかりの朝日を描いていたことに衝撃を受けたからだった。

《自分も社会通念から解放された日の出を描きたい。たとえば日本では、古来から朝日は信仰対象となってきたが、わたしは朝日をそうした宗教心とは切り離して、純然たる自然現象に還元してみたい。物語や歴史が差し込む隙のない、太陽と地球の運行そのものとしての朝日を、東洋の大地で描きたい》

こんな野心をいだくようになってから、数年が経っていた。

そうしたところ、折りよく満州行きの話がきた。満州国美術展覧会(8)の審査員を依頼されたのだ。教授は渡りに船と引き受け、一九三七年四月、老体に鞭打ってでかけることにした。

満展の公務が終了すると、冒頭のように、教授は内蒙古のドロンノールに向かった。彼の地には十日間滞在し、鉛筆素描とパステルスケッチ約三十枚を描いている。その後は熱河、北京などを回って神戸港に戻り、六月二十一日の夜、東京に帰ってきた。

内蒙古というと、ゴビ砂漠のような不毛な乾燥地帯を、多くの人は思い浮かべるだろう。だが実際に行ってみると、そこは降水量こそすくないが、遊牧のできる草原だった。教授は土地の古老から、ドロンノールにはいまは三つしか残っていないが、昔は七つの湖があったと聞かされた。町はオアシスにできたものらしく、町の外は便宜上、砂漠と呼ばれていた。

ドロンノールにはホテルが一軒しかなかった。それは、内地の田舎宿よりも粗末な造りだった。そこで教授は、特務機関[9]の若夫婦の自宅にやっかいになることにした。町からの出口、つまり砂漠への入口には関門があった。それは匪賊[10]が攻めてくれば簡単に突破できるようなものだったが、しかし実質的にはその関門が、日本が実効支配する圏域と、蒙古の勢力がつよい広大な版図とを分離する国境の役割をはたしていた。

教授は、毎朝四時半に起床し、砂漠の日の出を求めてその関門を出ていった。しばらくして夜が明けると、教授の後を追うように、牛、馬、駱駝などの家畜がその関門を通って、砂漠に向かっていった。まさに関門は、人と自然界を結ぶ細いパイプだった。

夜明け直前になると、砂漠の空は薔薇色に染まった。[11] 天は高く、空気には不純物が混じってなく、その色はあくまでも澄んでいた。色彩の画家である教授の目に、砂漠の夜明けは《五彩の彩りの交響》として映った。

太陽が地平線から空に上がるまでには、それほど長い時間はかからない。せいぜい十分か、十五分だった。教授は徐々に変化する砂の色に心を奪われた。

《最初は、暗闇のなかでうすい黒褐色にしか見えなかった砂が、やがて太陽が地平線に現れると、こんどは逆光になるので、かえって砂の色は見えなくなった。ところが太陽が地上を離れるのにしたがって、砂は金色に輝きだした》

明るくなると、砂丘の起伏が波のうねりのように、どこまでもつづいているのが見えた。しかしゴビやサハラの大砂漠のように、一望果てしなく連なっているというのではない。草地もあれば低地もあり、低地には水もある。

携帯用の椅子に陣取って、太陽が昇るまでの天空ドラマを反芻《はんすう》していると、いかなる連想の結果か、教授は留学で知った西洋画のサンプリシテ（simplicité）を思い出した。「表現の簡潔」というほど意味だが、砂丘の波のような連なりを見ているうちに、その稜線を思いっきり間引いて、しかも骨太に描いてみようと思い立ったのだ。

鉛筆で素描をはじめた教授は、稜線を二本だけにしてしまった。そしてその二本を、画面の左側で大胆に交差させた。表現の簡潔といっても、教授が試みているのは、雪舟の墨絵のような、余白を大きくとって絵に余韻を響かせるための手法ではない。むしろ逆で、砂丘がつくる線と面の構成で絵に緊張感を生じさせるための手法である。

だから教授が試みているサンプリシテは、画面を静寂にするための省略ではなく、画面を力強くするための純化だった。これほど簡潔な風景は、もちろん内地にはなかったし、ここドロンノールの砂漠でも、実際には存在しないものだった。

教授は自問自答してみた。

《なんのためにそんな風景を創るのか？　それは土着的であって、土着性を感じさせない風景を求めているからにきまっている。土着に徹した風景だけが到達できる、その土地の魅力に限定されない風景を求めているからだといえばいいだろうか。そこまでいけば、自分の絵には日本人の真精神《エスプリ》が流れ込むかもしれない。それこそがわたしの求める「寂《さ》びた風景」なのだ》と教授は考えるに至った。

もっとも、ここまでサンプリシテに徹してしまうと、教授の絵は、もはや日本人の好む寂びた風景とはちがうものになるかもしれない。その風景を形容するために、かつて見た風景を記憶のなかから探しだそうとしても見つからない。それは陳澄波がいっていた、「既視感のない風景」なのだ。

彼はこれでようやく、混血児のような日本の西洋画に訣別できると思った。

註解

1　嘉義の街

（1）**帝国美術院展覧会**　一九〇七年に文部省が開設した公募展である文部省美術展覧会（文展）が、一九一九年に改革されて、帝国美術院展覧会（帝展）になった。これは在野団体が活発化したことへの対応だったが、さらに一九三五年と三七年にも改組され、新文部省美術展覧会（新文展）となる。戦後は民営化され、日展として継承されている。

（2）**正倉院御物の箜篌《くご》を奏でる天平美人**

藤島武二「天平の面影」（一九〇二年、白馬会美術展出品、石橋財団アーティゾン美術館蔵）。中国では、漢代に西域からハープに似た楽器が伝わ

り、竪箜篌《たてくご》と呼ばれた。正倉院には竪箜篌の残欠が二張分残っている。

（3）**画箋紙**　東洋の書画を書くための紙の総称。墨が浸透しやすく、滲みやかすれが美しく出る特徴がある。

（4）**台湾は日本の一部**　一八九五年、日清戦争終結後の下関条約で台湾は日本の統治下に置かれることになった。以降、一九四五年まで植民地として、台湾は日本の政治体制に組み込まれた。

（5）**陳澄波**《チェンチェンポー》　一八九五－一九四七年。閩南語では、ダンディンポ。台湾の嘉義に生まれる。一九二四年、東京美術学校図画師範科に内地留学し、二六年の帝展に台湾人の西洋画家として初めて入選する。二九年に上海に渡り、三三年に故郷の嘉義に戻る。その後は台湾を旅して各地の営みを描きつづけた。四七年、第二次大戦後に中国本土から台湾に進駐してきた国民党への抵抗運動であった二二八事件に加担した嫌疑で、公開処刑された。（陳澄波年譜を参照）

（6）**嘉義**　閩南語では、ガギ。嘉義市は台湾西南部の嘉南平原北端に位置し、北回帰線が市内南部を通過している。近代の嘉義市は、林業、製糖業、観光業、風俗営業などの産業が興り、日本統治時代には金融業と運輸業が大きく発展した。木材伐採の目的で台湾総督府が完成させた阿里山森林鉄路の起点でもある。

（7）**東京美術学校**　一八八七年設置、八九年開校した日本唯一の国立美術学校。上野恩賜公園内に校舎を持ち、当初は絵画（日本画）、彫刻（日本彫刻）、美術工芸（金工、漆芸）の三科で、後に西洋画、図案、塑造（西洋彫刻）、図画師範の各科が増設された。台湾初の留学生は一九一五年彫刻科の黄土水。以降、多くの台湾人が同校で学んだ。戦後、四九年に東京音楽学校と統合され東京藝術大学となった。

2　陳澄波

（1）**基隆港**　台北市の北約三十㎞に位置する港。十七世紀前半にスペイン、オランダが侵攻した。日本統治時代に浚渫工事と防波堤建設などが進められ、一万トン級の船舶が停泊可能な近代港湾となる。基隆は内地（日本）に最も近いため、内地との貿易港として繁栄した。

（2）**台湾航路**　一八九六年、台湾総督府の命を受けて大阪商船が開設した定期航路。内地（日本）と台湾を結んだ。その後、日本郵船も就航する。大正末には、大阪商船が一万トン級の「蓬萊丸」を投入して定時性を確保した。寄港地は、神戸、門司、基隆だった。

（3）**図画師範科**　東京美術学校の教員養成を目的とする学科。一九〇七年設置、五二年廃止。日本画科、西洋画科、彫刻科等の修業年限が五年間であったのに対し、図画師範科は三年間だった。陳澄波は図画師範科に入学して、西洋画科教授だった田辺至（一九一一‐四四）の指導を受けている。

（4）**西洋画科**　東京美術学校の西洋画家養成を目的とする学科。一八九六年設置。一九三三年に廃止され、油画科と改称される。初期の教師には、黒田清輝、藤島武二、岡田三郎助、和田英作、久米桂一郎がいた。油画科に改称された理由は記録に残っていないが、名称の由来を油絵具という画材に限定したことは、学科が当初目指していた西洋文化移植という目的が薄れたことを窺わせる。

（5）**藤島武二**　一八六七－一九四三年。鹿児島で生まれる。一八九六年、黒田清輝の推薦で東京美術学校助教授に就き、半世紀近く同校で後進の指導にあたった。明治から昭和前半まで、日本の洋画壇において長らく指導的役割を果たし、文展や帝展の重鎮としても活躍した。帝室技芸員。文化勲章受章者。（藤島武二年譜を参照）

3　真精神

（1）**権現造り**　神社建築の一形式。本殿と拝殿とを前後に配し、それらを「相の間」という別棟で工の字型に連絡したもの。日光東照宮が代表例。

（2）**台湾高地族**　中国大陸からの移民が盛んになる十七世紀以前に台湾に居住していた先住民のうち、主に山地や東海岸、離島に暮らし、漢人との同化が進まなかった民族。日本統治時代は高砂族と称されたが、今日では高山族という。

（3）**四条派**　江戸中期に呉春が興した絵画の流派。呉春は与謝蕪村の文人画・俳画と円山応挙の写生を融合し、軽妙洒脱で平明な画風を確立。後に円山応挙の円山派と合わせて円山四条派と称され、近代以降の京都日本画壇にも大きな影響を与えた。

（4）**文人画**　中国における社会的主導者の士大夫、知識人である文人の描く絵画。職業画家の高い技術力の絵画にたいして、高い教養と純粋な精神性による崇高なる絵画とされた。とくに、水墨画にその美意識が発揮され、朝鮮、日本の絵画にも深く浸透する。

（5）**やまとごころ**　中国から仏教や儒教が入ってくる以前から、日本人に息づいていた独自の精神性のことで、大和魂ともいう。そこには日本文化の二面性が孕む。外からの刺激を感覚的に受け入れる柔軟性の一方、伝統的精神性に固執する頑なさ。藤島が四条派の絵画で体得したのは前者ということだろう。

（6）**からごころ**　江戸中期の国学者・本居宣長が、やまとごころ（大和魂）の対義語として提唱した言葉。元々は「中国かぶれ」のような批判的意味があったという。が、ここでは日本の感覚的、情緒的な共感ではなく、中国の知的、論理的に物事を捉え、体系付ける思考、文化観を指す。

（7）**帝室技芸員**　一八九〇年に制定された皇室による美術・工芸家の保護奨励を目的とした制度。当初は明治維新以降衰退に向った伝統技術の保護、復興を意図したことから、日本画、木彫、牙彫、工芸分野からの任命が主だったが、時代を経るにつれて、洋画、建築、写真へと任命者も広がった。洋画家初の任命は一九一〇年の黒田清輝。藤島武二は三四年に和田英作、岡田三郎助とともに任命された。四四年十二月を最後に任命終了。

（8）**岡田三郎助**　一八六九－一九三九年。佐賀に生まれる。曾山幸彦の洋画塾で学んだ後、黒田清輝の知遇を得て洋風美術団体・白馬会の創設に参加。以後、黒田の後継者の一人として、藤島武二等とともに東京美術学校教授として長年後進の指導に当たるとともに、官展洋画で重きをなした。優雅な女性像で知られ、一九三七年第一回文化勲章を受章。

（9）**化外の地**　中国において中華思想、中華文化が行き届いていない地方のこと。また、その地に暮らす民族は蛮族と呼ばれた。古来、台湾は中国にそう認識されてきた。

（10）**芸術至上主義**　芸術作品は芸術的価値基準のみで評価され、それ以外の価値基準には意味がない、芸術の本質は創作自体にあり、社会的影響や評価にはないという芸術観。十九世紀にフランスの哲学者ヴィクトール＝クーザンが「芸術のための芸術」として提唱。印象派以降、近代美術の指針となった。

（11）**国粋主義**　自国の神話、伝承、民族精神を重視し、外来文化、思想の浸透を拒否する超排外的国家主義。ドイツのナチズム、イタリアのファシズム、日本皇道主義等。美術との関係では、日中戦争から太平洋戦争にかけて日本軍部の戦意高揚を目的とした戦争美術の推進と、それを思想・制作資材の両面で統制を図った日本美術報国会と日本美術及工芸統制協会にその影響が強い。

（12）**勧戒画**　儒教の教えである「善を勧め悪を戒める」、所謂、勧善懲悪をテーマにした絵画。中国はもとより日本でもよく描かれる。題材としては、親孝行など優れた中国古代の二十四人を描く「二十四孝図」、為政者に農民の勤労を示す「耕織図」等がある。日本では江戸時代の幕府による儒学奨励によって庶民層にまで普及した。

(13) **台湾総督府**　一八九五年、日清戦争の講和を定めた下関条約で日本の領有となった台湾の統治官庁。当初は島民の独立運動に対処するために軍政を敷いたが、九六年に民政に移行。財政、経済、教育等の政策を通して民族同化政策を推進した。一九四五年、日本の敗戦とともに廃止された。

(14) **国民党**　一九〇五年に孫文が結成した中国革命同盟を前身として、辛亥革命後の一九年に結成された政党。孫文が初代総理となり共産党との国共合作を進めたが、孫文の死後、蔣介石が実権を握り左右に分裂。その後、共産党とも分裂。二八年、南京に国民政府を樹立。しかし、日華事変に当たり再び国共合作を組み、抗日戦線を展開した。終戦後は共産党の対立が内戦となり、四九年敗北。台湾に国民政府を移した。

(15) **嘉義街外**　陳澄波「嘉義街外」(一九二六年、帝展入選、現存せず)。嘉義にある国華街という通りの外れにある住宅街の情景が描かれている。陳澄波はもう一

点、同じ場所を描いているが、そちらの方には上下水道敷設のような工事は描き込まれていない。作者はなぜ、風景画には似つかわしくない場面を描いた絵で、帝展に応募したのだろうか。

(16) **和田英作**　一八七四―一九五九年。鹿児島に生まれる。東京美術学校卒業制作の「渡頭の夕暮」が有名。母校の教授、校長に就任。一九三五年、帝展の改組に反対して、帝国美術院会員と東京美術学校長を辞した。文化勲章受章。

(17) **中村不折**　一八六六―一九四三年。太平洋美術学校校長。中国の書の収集家としても知られ、台東区根岸の旧宅跡は書道博物館となっている。森鷗外や夏目漱石らの作家とも親しく、著作の挿絵や題字を依頼されている。

(18) **小林萬吾**　一八七〇―一九四七年。香川県三豊市に生まれる。原田直次郎に師事した後、東京美術学校西洋画科選科修了。母校の教授となる。

(19) **石橋和訓**　一八七六―一九二八年。島根県出雲市佐田町反辺の農家に生まれる。最初は、南画家の滝和亭塾に入門。内弟子となり本格的に日本画修行を始める。一九〇三年、イギリスに渡りロイヤル・アカデミーを卒業した。

(20) **石川寅治**　一八七五―一九六四年。高知市に生まれる。小山正太郎の画塾不同舎で学び、明治美術会展に出品する。同会の組織改革により、太平洋画会の結成に参画。戦後は自ら示現会を創立。

(21) **太田喜二郎**　一八八三―一九五一年。京都の織物商の家に生まれる。東京外国語学校で英語を学びながら白馬会洋画研究所に通い、東京美術学校入学。一九〇八年、ベルギーに留学してスーラの新印象主義に影響を受けたルミニスムの画家、エミール・クラウスに師事した。

（22）**和田三造**　一八八三－一九六七年。兵庫県朝来市に生まれる。父は旧朽木藩の御典医だった。画家を志し、黒田清輝邸の住み込み書生となり、白馬会洋画研究所に入所する。一九〇一年、東京美術学校西洋画科選科に入学。第一回文展に出品した「南風」が二等賞（最高賞）を受賞。明治浪漫派の影響による記念碑的な作品と目される。西洋留学後、三二年に母校の図案科教授に就く。

（23）**吉田博**　一八七六－一九五〇年。旧久留米藩士を父として、福岡県久留米市に生まれる。一八九四年、三宅克己と知り合い、その影響で水彩を描き始める。三宅の勧めで上京して小山正太郎の不同舎に入門し、後に明治美術会の会員となる。一九〇二年、吉田の発案で明治美術会を引き継いで、太平洋画会を結成。欧州歴訪から帰国後、新宿区下落合に吉田版画スタジオを創設。

（24）**辻永**　一八八四－一九七四年。広島市に生まれ、水戸で育つ。一九〇六年に東京美術学校西洋画科を卒業。その後は光風会、帝展、新文展に出品をつづけた。戦後、社団法人となった日展の初代理事長に就任。

（25）**牧野虎雄**　一八九〇－一九四六年。新潟県上越市に生まれる。一九〇八年、東京美術学校西洋画科に入学。在学中に文展に入選する。二四年、大久保作次郎、田辺至、斎藤與里らと槐樹社を創設。帝国美術学校（現、武蔵野美術大学）教授、および多摩帝国美術学校（現、多摩美術大学）教授を歴任した。

(26) **三宅克己** 一八七四－一九五四年。徳島市で生まれ、東京で育つ。曾山幸彦、原田直次郎に洋画を学び、イギリス人水彩画家との出会いから、水彩画に目覚める。アメリカ、イギリスに留学した後、白馬会会員となる。中沢弘光、杉浦非水、跡見泰らと光風会を設立。

4 入選祝賀会

(1) **高粱酒《こうりやんしゅ》** 閩南語ではガウンリャンジュウ。コーリャンを主原料としてつくる焼酎。無色透明でアルコール分五十～六十五％の強い酒。中国本土では、汾酒、白乾児、茅台酒が知られる。台湾では、金門高粱酒が有名。

(2) **廖継春《リャオジーチュン》** 一九〇二－七六年。閩南語では、リャウゲチュン。台湾の台中に生まれる。台湾総督府国語学校卒業後、二四年、東京美術学校図画師範科に入学。陳澄波と親交を結び、生涯にわたる無二の親友となった、二七年に帰郷。教職に就きながら制作も精力的に続け、帝展に三回入選する他、台展審査員を三度務めた。また、台湾では美術教育者として信望を集めた。

(4) **王白淵《ワンバイユアン》** 一九〇二－六五年。閩南語では、オンビエン。台湾の彰化県二水郷に生まれる。台北師範学校を卒業して教職に就いた後、東京美術学校図画師範科に学ぶ。同校在学中にプロレタリア芸術に傾倒。卒業後、岩手女子師範学校に勤務。美術から離れ文学の道へ。三一年、台湾文学史上初の日本語詩集「蕀の道」を出版。その後、左翼運動に参加したことで検挙され、師範学校も罷免。まもなく上海に渡るが逮捕されて台湾に強制帰国させられた。

（4）**プロレタリア絵画**　社会主義、共産主義から発した美術運動のなかで、主に労働者の苦悩や社会的討議をテーマにした絵画。日本では一九一七年のロシア革命以降に胎動。東京美術学校においても二七年の西洋画科卒業制作でその影響が表れる。そして二九年に日本プロレタリア美術家同盟が結成。大月源二等、美術学校出身者も参加。その運動は全国に広まったが、間もなく政府の弾圧が激しくなり、三四年に同連盟の解散とともにプロレタリア美術運動も終息した。

（5）**二水郷**《アルシュイ》　閩南語ではジツュイヒョン。台湾中西部にある彰化県の郷。

（6）**陳植棋**《チェンジーチー》　一九〇六－三一年。閩南語ではダンシキ。台湾の台北に生まれる。台北師範学校在学中に学生運動に参加し退学。その後、二五年に東京美術学校西洋画科に入学。ポスト印象派やフォーヴィスムの影響を受け、大胆な原色を用いた画風を展開。同校在学中に帝展入選を果たす等高い評価を得ていたが、卒業の翌年、二十六歳の若さで早逝した。

（7）**百科全書**　十八世紀にフランスの啓蒙思想家であるディドロ、ダランベールなどが中心となって編集されたことに始まる百科事典。フランス啓蒙思想の集大成として近代合理主義、民主主義の普及に大きな役割を果たした。そこから近代文明の象徴的意味合いも強い。日本においては一八七三年に文部省がイギリスの百科事典を翻訳・刊行。文部省「百科全書」として西洋文化移植の礎となった。

（8）**宣撫**　占領地において、占領政策の方針を人々に知らせて人心を安定させること。ただ、それは支配者の被支配者にたいする懐柔策にほかならない。

（9）**同化政策**　強力な民族や国家が弱小民族や国家の文化、慣習を否定、排除して、自らの文化観、価値観を浸透させ、統合を図る政策。とりわけ帝国主義における宗主国と植民地の間で展開され、制度上は同一化が示されたが、宗主国の優越性を絶対化することになった。日本においてはアイヌ、沖縄に始まり、台湾、朝鮮半島、満州、そして太平洋戦争中の東南アジアで展開された。

（10）**台湾美術展覧会**　通称、台展。一九二七年から台北で台湾教育会の主催によって開催された美術公募展。日本の官展（帝展）をモデルに東洋画と西洋画の二部制で、台湾人はもとより、台湾在住の日本人画家も応募。審査員は時の官展の大家と現地の有力日本人画家を中心に、一時台湾人画家も加わった。三七年の日華事変で中止されたが、翌年から台湾総督府が主催を引き継ぎ台湾総督府美術展覧会（府展）として四三年まで続いた。

（11）**日帝**　大日本帝国、日本帝国主義の略称。日本の植民地下に置かれた台湾や朝鮮半島、さらに日本の侵略を受けた中国において、武力侵略と強権的支配を推し進めた日本への蔑称として用いられた。

（12）**大東亜共栄圏**　日中戦争から太平洋戦争へ戦争が拡大するなかで、日本が唱えたアジア政策の基本構想。欧米による植民地支配の打破と、東アジア経済圏の形成を目指して、日本を盟主にした東アジアの新秩序建設を謳った。その後の東南アジア侵略によって構想は広がっていくが、敗戦によって破綻した。

5 同化政策

（1）**武蔵野鉄道** 一九一二年設立。現在の西武鉄道の前身。三年後には池袋〜飯能間が開通した。早くも二二年には、池袋〜所沢間が直流千二百ボルトで電化された。この小説で陳澄波が川嶋淑子と乗車したのは電車だったということになる。

（2）**江古田** 西武池袋線で、池袋駅から三つ目の江古田駅周辺に広がる商店街、学生街。一九二二年に武蔵野鉄道の大株主である根津嘉一郎が武蔵高等学校を創立し、通学用停車場として、二三年に江古田駅を開設した。昭和初期には、駅の西北側が高級住宅地として売り出された。二九年には、駅の北側に武蔵野音楽学校が設立された。この小説では陳澄波が上海に渡った後のことになるが、三九年に日本大学芸術科が本郷から江古田に移転して来た。

（3）**夜市** B級グルメで賑わうナイトマーケット。小吃《シャオチー》と総称される中華の一品料理を食べさせる屋台の密集する商店街。台湾の各都市にある。

（4）**木更津** 江戸時代から港町として栄えてきた。木更津の有名な産業に海苔の養殖がある。この小説で川嶋淑子の父親が医院を新築した昭和初期頃には、海苔の養殖、製造、販売業者が多く、芸者衆のいる花街もあって、街は活況を呈していた。

(5) **東京女子医学専門学校**　女性医師の吉岡彌生が一九〇〇年に創設した医学校。一二年に、東京女子医学専門学校（通称、東京女子医専）に昇格した。

(6) **土着性**　各々の土地、地域に根差した価値観、感性、美意識。とくに、現代芸術においては、前衛運動の合理性・普遍性にたいして、「その土地の言葉で語る」という意味から派生したヴァナキュラー（vanacular）な価値、すなわち固有の民族性、宗教性、世俗性の尊重という意味合いを持つ。

6　日台友好の礎？

(1) **南蛮写し**　十六世紀に東南アジアとの南蛮貿易で渡来した生活雑器の、日本の職工による複製。江戸時代に盛んにおこなわれ、茶道具として好まれた。

(2) **芋頭水指**　口がすぼみ、肩がなく、尻張り形の陶器。形態が里芋に似ていることからその名が付く。なかでも南蛮写しは焼き締めの素朴さと、高台のべた底が特徴。

(3) **魯肉飯**《ルーローハン》　閩南語ではローバーボン。台湾のソウルフード。豚肉を刻んで生姜やニンニク、八角などの香辛料とともに甘辛く煮込んだ肉そぼろを、煮汁とともにご飯にかけた丼飯。

7　共同体の個性

（1）**南京下見張り**　木造建築の外壁に、長い板材を横に張る工法。板の下端を、その下に張った板の上端に少しづつ重ねて張るので、雨水が浸入しにくい。イギリス下見、鎧下見ともいう。

8　ひとり一人の個性

（1）**李梅樹**《リーメイシュ》　一九〇九－八三年。閩南語ではリムイチュウ。台湾の三峡に生まれる。台北師範学校を卒業して日本に渡り、三〇年に東京美術学校西洋画科に入学。同校卒業後は帰郷し、台展で特選を三度受賞する他、日本の新文展にも入選を果たす。台湾女性をよく描いた。戦後は政界にも進出し、地方公共問題に尽力した。五〇年、李梅樹記念館（新北市三峡区中華路四三巷一〇号）が設置された。

（2）**石川欽一郎**　一八七一－一九四五年。静岡に生まれる。逓信省郵便電信実技校で洋画を学んだ後、大蔵省印刷局勤務時代に英国人画家、アルフレッド・イーストに水彩画を学ぶ。九九年に渡英。帰国後、台湾を訪れ台湾総督府国語学校、台北師範学校で教鞭をとり、多数の台湾人洋画家を育成。台展の創設、審査にも尽力した。

（3）**川端画学校**　一九〇九年に日本画家、川端玉章が創設した画学校。当初は日本画家の養成を目的としたが、玉章没後の一五年に洋画部を併設し藤島武二が指導に当たった。

（4）**本郷絵画研究所**　一九一二年に岡田三郎助、藤島武二によって本郷洋画研究所として創設。一五年に藤島が川端画学校に移った後は、主に岡田が指導に当たった。後年、本郷絵画研究所と改称された。

（5）**三峡**《サンシア》　閩南語ではサカイゥン。台湾新北市の市轄区。日本統治時代には、台北州三峡庄と呼称された。淡水につながる三本の河がつくる三角州に老街（古い商店街）がある。かつてこの地から樟脳、布、木材、茶などが船で台北に運ばれ、三峡は富裕層の町として発展した。

（6）**「燕子花と八橋」の文様を大きくあしらった小袖姿の女性像**　岡田三郎助「あやめの衣」（一九二七年、ポーラ美術館蔵）。モデルの女性が羽織っている着物は、江戸後期に製作された「納戸縮緬地　八橋に杜若模様小袖」（松坂屋コレクション）。納戸とは、藍染めによる深い青色のこと。

9　それぞれの道

（1）**中華民国**　辛亥革命後の一九一一年、孫文率いる国民党によって建国。当初は北京に政府を置くが、中国各地には様々な勢力が乱立し統一には至らず、蔣介石が国内抗争を終結させて二七年、南京に政府を樹立。その後も日本軍と戦争が続き、四五年ようやく中国全土を支配する。

その際、台湾の統治も日本から移るが、派遣された国民党幹部や軍の横暴が台湾住民の反発を招き、四七年の二二八事件に端を発する抗議デモを武力で制圧するとともに、多数の民衆を虐殺。当時、嘉義市市会議員であった陳澄波もその犠牲となった。しかし、四九年に共産党との内線に敗れた国民党は台湾に政府を移し、台湾島と澎湖諸島、金馬地区のみを領土とする。

（2）**閩南語《びんなんご》** 閩南語ではマンナンイー。中華人民共和国の福建省南部で話される言葉。福建語とも呼ばれる。広義には、台湾、浙江省南部、広東省 東部および西部、海南省などで話される言葉をさす。

（3）**嘉義の街角** 陳澄波「嘉義街景」（一九三四年）。陳澄波は嘉義の街がにぎわうさまを好み、通りに行き交う人たちの営みを点景のように描き込んだ。

（4）**阿里山《アーリーシャン》** 閩南語ではアリサン。台湾の嘉義県に位置する阿里山脈を含む山岳地帯を指す地名。最高峰は大塔山の二千六百六十三メートル。日本統治下の一九三七年に隣接する新高山とともに、「新高阿里山」として日本の国立公園に指定された。

（5）**淡水《タンシュイ》**　閩南語ではダンツュイ。陳澄波は小さな家が並び、人々がつましく生きる淡水の風情が気に入り、多数の絵を残している。

（6）**盛岡の女子師範学校**　一九二三年、岩手県師範学校から女子部が分離独立して、岩手県女子師範学校が開校した。当初、岩手県立盛岡高等女学校（盛岡市天神町）に併設されていた。

（7）**蕀の道**　王白淵が一九三一年に刊行した日本語詩文集。内容は詩が六十六編、論文二編、演劇台本の翻訳、短編小説各一編からなる。すべてが東京美術学校在学中と岩手女子師範学校在職中に書かれ、論文にはガンジーのインド独立運動をテーマとするものがあり、王の芸術から政治運動への傾斜が窺える。

（8）**フォーヴィスム**　二十世紀初頭にフランスで台頭した前衛美術運動。マティス、ヴラマンク、ドラン等を軸に、鮮やかな原色と大胆な筆致で激しい感情と主観性を画面に叩きつけるような絵画表現が展開された。日本においては、一九二〇年代初頭に渡仏した里見勝蔵や佐伯祐三がヴラマンクの影響を受け、帰国後の二六年に一九三〇年協会を結成して洋画壇に新風を吹き込む。

10　地方色

（1）**台北師範学校**　一九一九年に台湾総督府国語学校が廃校となり、新たに台湾総督府師範学校が組織され、台北師範学校と台南師範学校が開校。二七年には台北師範学校が日本人のための台北第一と台湾人のための台北第二に分割された。同校では図画が週一時間の独立科目となっていて、多くの美術家を育成した。

（2）**八紘一宇**　全世界の民族が、あたかもひとつの家で平和に暮らすという理想をあらわす言葉。日本書紀の「八紘《あめのした》を掩《おお》ひて宇《いえ》にせむ」に由来し、元々は「八紘為宇」。それが一九四〇年近衛内閣の「大東亜新秩序」発表に際して「八紘一宇」が用いられ、大政翼賛会による国防国家体制の確立と「大東亜共栄圏」構想のスローガンとなった。

11　エルテルのナナ子

（1）**本島女**　日本統治下の台湾において当地在住の漢族系女性のこと。ここでのやり取りでは「生粋の」とあるので、台湾先住民の女性が意図されていたのかもしれない。

（2）**台陽美術協会**　一九三四年、陳澄波、廖継春、李梅樹等によって結成された在野の美術団体。当初は洋画部門のみだったが、後に東洋画、彫塑部門も加えられた。在野団体ではあっても多くの会員が官展（台展・府展）にも出品していた。同会の活動は今日に至るまで続いている。

（3）**エルテルのナナ子**　藤島武二「エルテルのナナ子」（一九三四年、パステル素描、「台湾新聞一九三五年二月三日第二版掲載、所在不明」。

（4）**曽宮一念**　一八三九-一九九四年。東京に生まれる。東京美術学校西洋画科で藤島武二、黒田清輝に師事する他、大下藤次郎に水彩画を学んだ。在学中に文展に初入選、受賞。卒業後は二科会、独立美術協会を経て、戦後は国画会会員として活動。東洋的画風で知られる。随筆や短歌もよくし、失明後は文筆に精力を注いだ。

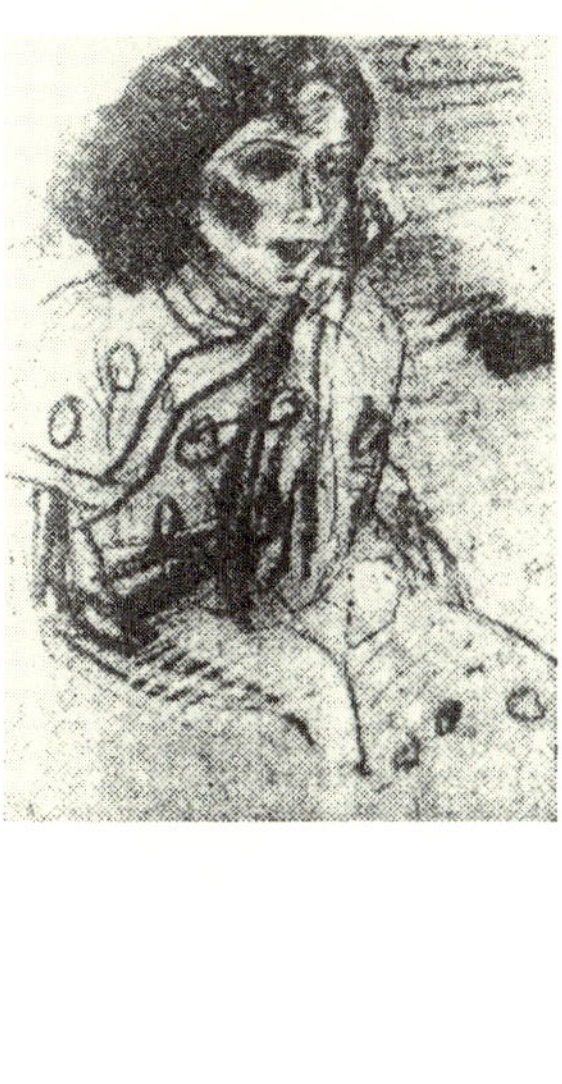

12 移植は創造ならず！

（1）**老街**《ラオジェ》　閩南語ではラウゲ。台湾の伝統的情景を色濃く残す街並み。今日でも台湾各地に残り、観光スポットとなっている。

（2）**パサージュ**　十八世紀末からパリを中心に建造された商業空間。ガラス張りのアーケードに覆われた歩行者通路の両側に商店が並び、天候に関係なく街を賑わせことから、都市の発展とともに世界各国に広まった。

（3）**木下静涯**　一八八七－一九八八年。長野に生まれる。京都で四条派の村瀬玉田に入門した後、竹内栖鳳の竹杖会に参加。一九二三～四六年にかけて台湾の淡水に定住。台展－府展の審査員を毎回務めるとともに、数多くの台湾人画家を指導。台湾における近代東洋画の発展に貢献した。

（4）**皇民化**　満州事変以降の十五年に及ぶ戦時期に日本の植民地であった台湾や朝鮮において現地

の人々の日本人化を図った同化政策。台湾総督府は、統治当初は伝統的な生活、文化観を尊重していたが、一九三七年の日華事変後、台湾人の戦争動員のために皇民化運動を展開。日本語教育はもとより、日本的姓名への改名、神道の強要などが行われた。

（5）**老荘思想**　古代中国の戦国時代に活躍した老子と荘子の思想を合わせていう。儒教の道徳主義にたいして、「無為自然」なる自然の道に従うことで社会の平和や人生の幸福が求められるという思想。個々の自由な行動、生き方を説いた教えは、混迷する時代に支持されてきた。

（6）**文人精神**　学問を良くして高い教養を身につけるとも、人間としての精神性を深め、世俗の名誉に溺れず、脱俗、孤高を探求する心持ち。とくに、芸術においては技巧にはしらず素直な気持ちを表現することを重視する。

（7）**皇国史観**　日本の歴史が万世一系の天皇を中心に展開されてきたという歴史観。戦時中の軍国主義教育の核心であるとともに、「大東亜共栄圏」思想の歴史的裏付けともなった。

（8）**瀟湘八景図の「遠浦帰帆」**　中国絵画の伝統的画題。景勝地である洞庭湖一帯の八景を移りゆく時間や季節に絡ませながら、時代を越えて様々なスタイルで描かれてきた。その内「遠蒲帰帆」はゆったりとした河の流れを行き交う帆舟と帆影が主なモチーフ。

（9）**天鵞絨の夢**　一九一九年、谷崎潤一郎が中国旅行の体験をもとに書いた短編小説。杭州の白亜の家から脱出した十人の幼い奴隷たちが、そこで展開されていた頽廃的日常を一人〳〵告白していくというストーリー。中国版アラビアンナイトという趣向だが、三人目の告白で中断し未完に終わった。

(10) **読画** 絵を観るだけではなく、画中の趣を読み取ることこそ、絵画鑑賞の本質であるという思考。美術というものが単なる視覚表現ではなく、その背後に個々の作家の思想、精神性が宿り、それを作品から読み解くことが大切ということ。ここでは西洋の近代的美術観にたいする異議申し立てとも取れる。

(11) **家並みを描き加えている絵** 陳澄波「雨後の淡水」(一九三七-四五年)。淡水の街の一隅で、出征兵士を送る人たちの行列が描かれている。

(12) **風土論** 哲学者・和辻哲郎が一九三五年に刊行した著書で論じた。和辻がドイツ留学時代にハイデッガーの「存在と時間」に影響を受け、〝時間〟を〝空間〟に置き換えた。自然風土と人間形成、文化の形成には深い関係があり、人間は風土を離れては存在せず風土が人間をつくるという思考。そこには民族意識への強い愛着がある。

(13) **牧谿** 中国の宋末から元初の禅僧画家。情感豊かな潑墨画で知られる。本国以上に日本での評価が高く、長谷川等伯や俵屋宗達らの水墨表現に大きな影響を与えた。

13　既視感のない風景

（1）**満州の承徳**　清代初期まで第四代皇帝・聖祖康熙帝が離宮を造営して夏季の政務を執ったことから、以後、第二の都となった。一九三三年の関東軍による熱河侵略作戦で日本の占領下に置かれた。現在は中国河北省に属する。

（2）**内蒙古のドロンノール**　現在の中国内モンゴル自治区シリンゴル盟に位置する。元代には夏の都・上都がこの付近に建設されていた。降水量が少ない砂漠地帯で遊牧民が主に暮らす。

（3）**クビライ・カアン**　一二一五－九四年。中国・元王朝の初代皇帝。チンギス・カアンの孫。七九年に宋を滅ぼし、蒙古民族による中国統一を達成する。日本にも二度遠征軍を送った（元寇）。

（4）**隅田川の雪景色を描いた絵**　藤島武二「大川端残雪」（一九一七年、三菱地所蔵）。

（5）**学問所**　皇室では御学問所御用掛と称され、帝王学をはじめ君主としての専門知識を皇太子に教授した。昭和天皇の御

学問所総裁は東郷平八郎が務めた。

（6）**国体護持**　言葉どおりでは国家体制の維持を意味する。ただ、昭和の十五年戦争時代においては、国体明徴運動の下で「万世一系の天皇統治」を絶対とし、西洋近代思想排撃の根拠となった。

（7）**新高山**　台湾名は玉山。閩南語ではギョサン。標高三千九百五十二メートルで台湾最高峰の山。日本統治下では富士山を越えて「新しく日本一となった最高峰」という明治天皇の言葉から、この名が付いたという。太平洋戦争開戦となった真珠湾攻撃の十二月八日開始を告げる日本海軍の暗号が「ニイタカヤマノボレ　一二〇八」だったのがよく知られる。

（8）**満州国美術展覧会**　通称、満展。一九三八年から満州国の首都・新京（現、長春）で開催された美術公募展。満州国民生部の主催で日満文化協会が運営し、絵画（東洋画、西洋画）、彫刻、美術工芸、法書の分野を擁した。審査は日本から招かれた官展の重鎮が主導した。四五年第八回展が開幕直前にソ連軍の侵攻で中止となり、事実上四四年第七回展が最後となった。

（9）**特務機関**　日本陸軍の「統帥範囲外の軍事外交と情報収集」を任務とした機関。一九一八年のシベリア出兵時に設けられ、三一年の満州事変以降に規模が拡大。満州のハルビン機関は関東軍情報部として制度化された。

（10）**匪賊**　略奪、暴行等の不法行為を行う集団。辛亥革命以降、中央政府の統治の及ばない地方に跋扈した武装集団のことを主に指す。満州では大半が騎乗で活動していたため馬賊と呼ばれた。

（11）**砂漠の空は薔薇色に染まった**　藤島武二

「蒙古の日の出」（一九三七年、アーティゾン美術館蔵）。皇居の学問所を飾る日の出の絵を描き始めた藤島が、最後に行き着いたのは蒙古の砂漠だった。帰国後に「旭日照六合」（宮内庁蔵）が完成する。このほか、二点の「蒙古の日の出」（鹿児島県歴史資料センターとアーティゾン美術館蔵）が制作されている。

（註解は、長者町岬と藤田一人が執筆した）

年譜

陳澄波　年譜

一八九五年　0歳

二月二日　清王朝時代の台湾省台南県嘉義市で生まれる。父の陳寿宇は私立学校の教師であり、母は陳澄波が生まれた直後に亡くなる。その後、父親が再婚したため、養育婦の家に送られる。

関連事項

四月　清帝国は日本と下関条約を締結し、遼東半島、台湾、澎湖諸島は日本に割譲され、日本占領の時代に入る。

一八九七年　2歳

祖母の林宝珠に育てられる。祖母は花生油《ピーナッツオイル》と雑穀を売って生計を立てていた。

一九〇七年　12歳

祖母は老齢のため、二番目の叔父である陳銭に育てられる。

嘉義公立学校（現在の崇文小学校）に入学。

一九〇九年　14歳

父の陳寿宇が没。

一九一二年　17歳

関連事項

六月　白馬会解散後、中沢弘光、三宅克己、杉浦非水らが創立した光風会の第一回展が開かれる。

陳澄波は、光風会に出品をつづけた。

一九一三年　18歳

嘉義公立学校卒業。

台湾総督府中国語学校（現在の台北市立大学）に入学。水彩画家の石川欽一郎の指導を受け、西洋美術への理解がはじまる。

一九一七年　22歳
台湾総督府中国語学校公学師範部乙科を卒業。
一九一九年　24歳
長女陳紫薇が生まれる。
一九二〇年　25歳
水堀頭公学校（現、嘉義県水上国小）の教師となる。授業では写生を指導した。
一九二四年　29歳
東京美術学校図画師範科に入学。夜間は本郷絵画研究所に通い、素描を五年間学ぶ。
次女陳碧女が生まれる。

関連事項
一月　中沢弘光と川島理一郎が白日会を創立する。
六月　大久保作次郎、牧野虎雄らが槐樹社を創立し、発会後、斎藤与里、東京美術学校図画師範科で陳澄波を指導した田辺至が加入する。
陳澄波は、白日会と槐樹社に出品をつづけた。
一九二五年　30歳
陳植棋とともに日本で芸術団体「春光会」を結成する計画を立てたが、先輩の黄土水の反対により断念する。
二回白日会展に、「南国の夕陽」が入選。
一九二六年　31歳
長男陳重光が生まれる。
十月　七回帝国美術院展覧会（帝展）に「嘉義街外」が入選。（台湾人画家初めての帝展西洋画部入選だった）
一九二七年　32歳
東京美術学校図画師範科卒業。引き続き同校西洋画科の研究科に進む。
台北博物館で個展。図画師範科在学中に描いた油絵「嘉義街外」、「南国川原」、「秋の博物館」、「美校庭園」、「西洋館」、「初雪上野」、「朱子旧跡」、

「鼓浪嶼島」、「郊外」、「伊豆風景」、「雪街」、「黎明図」、「潮干狩」、「紅葉」、「須磨湖水港」、「観桜花」、水彩画「水辺」、日本画「秋思」などが展示される。

嘉義公会堂で個展。六十一点が展示される。

二十三回太平洋画会展に出品。

四回槐樹社展と四回白日会展に出品。

一回台湾美術展覧会（台展）に入選。

八回帝展に「夏日街景」が入選。

関連事項

台湾美術展覧会（台展）が、日本統治下の台湾における官展として、台湾総督府の外局によって創立される（一九三六年まで開催）。

陳澄波は、台展に積極的に出品をつづけた。

一九二八年　33歳

十五回光風会展、五回白日会展、五回槐樹社展に出品。

木下孝則、小島善太郎、里見勝蔵、佐伯祐三、前田寛治が一九二六年に結成した一九三〇年協会展に入選。

厦門秀英学院で個展開催（四十点展示）。

一九二九年　34歳

東京美術学校西洋画科研究科を卒業。

芸苑絵画研究所指導員となる。

汪荻浪とともに上海の新華芸術大学西洋画教授に就く。

上海で開催された教育省主催第一回全国美術展覧会に出品。

西湖博覧会に出品。

六回槐樹社展、三回台展（無鑑査）に出品。

十回帝展に、「早春」が入選。

一九三〇年　35歳

妻子を上海に呼び寄せる。

昌明芸術専科学校で教える。

台中市公会堂で個展（七十五点展示）。
七回槐樹社展、四回台展に出品。
二回聖徳太子奉祝美術展に、「普陀山普寺」が入選。

一九三一年　36歳
無錫、江蘇、源頭竹、太湖、恵山などに行き、スケッチをする。
三女白梅が生まれる。
新華美術学院西洋画科主任の職を辞す。
五回台展に「蘇州可園」を出品。
三回赤島社展に出品。

一九三二年　37歳
第一次上海事変（一・二八事変）が発生し、日本旅券をもっていた陳澄波一家に身の危険が及んだため、家族を上海から台湾に送り返す。
一九三四年のシカゴ万国博覧会に際し、中華民国代表に推薦される。
六回台展に出品。

一九三三年　38歳
上海から台湾に帰国。
七回台展に出品。

一九三四年　39歳
次男陳乾民が生まれる。
十五回帝展に「西湖春景」が入選。

関連事項
十一月　陳澄波（代表）、廖継春、顔水龍、陳清芬、李美秀、李世喬、楊三朗、立石鉄成らが台陽美術協会を結成。設立総会には、台湾総督府整備課長の井手馨も招待されている。

一九三五年　40歳
二十二回光風会展、一回台陽展に出品。
九回台展に「阿里山之春」、「淡江風景」を出品。

一九三六年　41歳
台湾文学芸術同盟主催の総合芸術座談会が昭日小

会館で開催され、陳澄波、林錦鴻、楊佐三郎、曹秋圃らが参加。
二十三回光風会展に「淡水の達観楼」を出品。
二回台陽展に「観音眺望」、「淡水風景」、「北投温泉」、「逸園」、「芝山岩」を出品。

一九三七年　42歳
二十四回光風会展、三回台陽展に出品。

一九三八年　43歳
二十五回光風会展、四回台陽展に出品。
一回台湾総督府美術展覧会（府展）に無鑑査で出品。

関連事項
台湾総督府美術展覧会（府展）創設。一九三七年に勃発した盧溝橋事件の影響で中断した台湾美術展が、府展として再開された（四三年まで）
陳澄波は、府展にも出品しつづけた。

一九三九年　44歳
二十六回光風会展、五回台陽展、二回府展に出品。

一九四〇年　45歳
八月二九日～九月二日　嘉義市で洋画家の指導を担う「青辰美術協会」の第一回展が開かれ、特別会員を務める。
二十七回光風会展、六回台陽展、三回府展に出品。

一九四一年　46歳
二十八回光風会展、七回台陽展、四回府展に出品。

一九四二年　47歳
二十九回光風会展、八回台陽展、五回府展（推薦）に出品。

一九四三年　48歳
九回台陽展、六回府展（推薦）に出品。

一九四四年　49歳
十回台陽展に、「参道」、「鳥居」、「碧潭」、「防空訓練」、「銃後の楽しみ」、「新北投を望む」を出品。
一九四五年　50歳
嘉義市歓迎国民政府準備委員会副主任委員を務める。
嘉義市自治協会理事を務める。

関連事項
第二次世界大戦が日本の無条件降伏で終わり、台湾は中国本土の国民党政府が占領する。

一九四六年　51歳
一回嘉義市市議会議員に当選。
一回台湾省美術展覧会の審査員を務め、「慶祝日」、「児童楽園」、「製材工廠」を出品。
一九四七年　52歳
三月二十五日　二・二八事件に関与した嫌疑で、嘉義駅前で公開射殺される。

関連事項
二月二十八日　台北市で二・二八事件が発生。この事件が引き金となって、中国本土の中華民国国民政府による台湾民衆への長期的な弾圧、虐殺が台湾全土に広がった。国民党は、本土から軍隊を派遣して鎮圧した。陳澄波は、当初、国民党による台湾解放を歓迎したが、二・二八事件後は国民党支配に敵対していた。

（中央研究院台湾歴史研究所と陳澄波文化財団が共同発行した「陳澄波全集」に収録されている年譜をもとにして、この小説に関連する事項を長者町岬が採録した）

藤島武二　年譜

一八六七年（慶応三）　0歳
九月十八日、薩摩藩士藤島賢方、たけ子の三男として、鹿児島市池之上町六二番地に生まれる。幼名猶熊。

関連事項
一八六九年　川上冬崖、最初の洋画塾「聴香読画館」創設。
一八七四年　国沢新九郎、イギリスから帰国し、洋画塾「彰技堂」創設。
一八七六年　工部省が西洋美術の教育を目的として、画学科にアントニオ・フォンタネージを、彫刻科にヴィンチェンツォ・ラグーザを招聘して、工部美術学校を開設

一八七七年（明治十）　10歳
十八歳と十六歳になる二人の兄が、西南戦争で西郷軍に従軍。負傷がもとで二人とも逝去。武二が家督をつぐ。

一八八二年（明治十五）　15歳
鹿児島県立鹿児島中学校（藩校造士館の後身）に入学。この頃、禅僧義堂のもとで老荘についての講話をきく。また四条派の画家平山東岳に日本画を学ぶ。

関連事項
十月　国粋主義の風潮が台頭し、農商務省主催第一回内国絵画共進会が、洋風画の出品を拒否する（一八八四年の第二回展も同じ）。

一八八四年（明治十七）　17歳
西洋画を学ぶために上京する。工部美術学校への入学を志したが、すでに廃校になっていた。神田

の英語学校に一年ほど通い、いったん帰郷する。
四月　農商務省主催第二回内国絵画共進会に、日本画を二点出品。

一八八五年（明治十八）　18歳
再び上京する。将来洋画に進むにしても、日本画を学んで損はないと親戚に説得され、円山四条派の日本画家川端玉章に入門。

一八八六年（明治十九）　19歳
十一月、日本画研鑽のかたわら神田小川町の東京仏蘭西語学校に入学。一八八八年まで在学。

関連事項
五月　黒田清輝がラファエル・コランに入門。

一八八九年（明治二十二）　22歳
六月、青年絵画共進会に日本画の「美人図」を出品。褒状をうけるが、油絵志望は変わらなかった。

関連事項
二月　東京美術学校が開校
二月　浅井忠、小山正太郎、松岡寿らが明治美術会の主意書を起草し、十月に第一回展を開催。

一八九〇年（明治二十三）　23歳
油絵志望は高まり、曾山幸彦（鹿児島出身）の画塾へかよう。そこには岡田三郎助、中沢弘光、矢崎千代二、玉置金司、三宅克己らがいた。また、中丸精十郎の画塾にも入るが、工部美術学校式の指導にあきたらず、一八八八年イタリアから帰国した松岡寿に、特別に教えをうける。

一八九一年（明治二十四）　24歳
この頃、山本芳翠と合田清が開いた生巧館の付属画学校へかよう。湯浅一郎、丹波林平、白滝幾之助、北蓮蔵、岡部昇丸らがいた。
明治美術会第三回春季展に油彩の処女作「無惨」を出品。ただし実名で出す勇気がなく、後輩の白滝幾之助の名を借りて出品した。明治美術会に入会する。

一八九二年（明治二十五）　25歳
この頃、牛込矢来町にわずかな遺産で家を建て、母と姉弟を呼び寄せる。貧乏の極だった。
一八九三年（明治二十六）　26歳
七月、三重県尋常中学校助教諭となり、津に赴任。

関連事項
六月に久米桂一郎が、七月に黒田清輝がフランスから帰国。
一八九六年（明治二十九）　29歳
六月　黒田清輝、久米桂一郎、岩村透、和田英作、山本芳翠が中心になって白馬会を創立。藤島も会員となる。
七月　東京美術学校に西洋画科が新設されることになり、そのスタッフの人選を任されていた黒田は藤島の起用を決意する。
八月　東京美術学校西洋画科助教授に任命される。
十月　白馬会第一回展に水彩画「春の小川」ほか十点を出品する。白馬会展には、この後も出品をつづける。
一八九九年（明治三十二）　32歳
町田高子と結婚。
一九〇一年（明治三十四）　34歳
二月　一条成美の描いた雑誌「明星」第八号の挿絵が内務省により発禁処分を受けたことにより、一条の後を担当する。五年ほど継続する。
一九〇二年（明治三十五）　35歳
九月　白馬会第七回展に「天平時代の婦人図」（のち「天平の面影」と改題）ほかを出品。
一九〇四年（明治三十七）　37歳
七月頃　本郷区駒込曙町十三番地のアトリエに藤島洋画研究所を設ける。有島生馬、高村光太郎、岡本一平、田中良、安宅安五郎がここに学ぶ。
一九〇五年（明治三十八）　38歳
九月　文部省から絵画研究のため四年間フラン

ス、イタリアへ留学を命ぜられる。
一九〇六年(明治三十九) 39歳
パリに住む。私立の画学校アカデミー・ド・ラ・グランド・ショーミエールに入学するとともに、国立美術学校の専科(本科は外国人をとらなかった)に入ってフェルナン・コルモンの教えを受ける。黒田清輝から紹介されたラファエル・コランには、その画風を嫌って結局一度も会わずじまいに終った。
一九〇七年(明治四十) 40歳
ベルギー、オランダ、ドイツ、イギリスを巡り、美術館を訪れる。当時パリに留学中の美術家には、湯浅一郎、山下新太郎、斎藤与里、安井曽太郎、荻原守衛、高村光太郎らがいた。
一九〇八年(明治四十一) 41歳
一月 フランスからイタリアへ移り、ローマに住む。ローマのフランス・アカデミー院長だったカロリュス=デュランの指導をうける。イタリアでは、ルネッサンス期前後の芸術に魂の躍るのを感じた。
約二ヵ月間 スイスを旅行。「瑞西レマン湖」などの風景画を描いてローマへ戻ったところ、それまで描きためていた自作の大半が盗難にあったことを知る。
一九一〇年(明治四十三) 43歳
一月 イタリアを離れ、インド洋を経て二十一日神戸着。翌日帰京する。
五月 東京美術学校教授となる
五月 白馬会第十三回展に湯浅一郎とともに滞欧作が特別陳列される。
一九一一年(明治四十四) 44歳
十月 第五回文展に「幸ある朝」、「池(ヴィラ・デステ)」を出品。この後も、文展、帝展、新文展等に、断続的に出品をつづける。

関連事項

三月　白馬会解散。

一九一二年（明治四十五、大正一）　45歳

二月　岡田三郎助とともに本郷洋画研究所を設立する。

六月　旧白馬会の中沢弘光、山本森之助らが創立した光風会の第一回展に出品。この後も、光風会展に出品をつづける。

一九一三年（大正二）　46歳

十一月　美術研究のため朝鮮へ出発。

一九一四年（大正三）　47歳

一月　朝鮮旅行から二十五日に帰京。

四月　文展改革運動が表面化し、洋画部に二科の併設を求める有島生馬、山下新太郎ら改革派を支援してきたが、黒田清輝の説得に従い文展にとどまる。

関連事項

前年十一月に起った二科併設運動は文展からの独立運動となり、十月に二科会第一回展が開催され、安井曾太郎の滞欧作が展示される。

一九二四年（大正十三）　57歳

四月　第三回朝鮮美術展審査委員となる。

五月　帝国美術院会員となる。

十月　第五回帝展に「東洋振り」、「アマゾーヌ」を出品。

一九二八年（昭和三）　61歳

昭和天皇の即位を祝し、学問所を飾る油絵の制作を岡田三郎助と藤島武二が依頼される。

一九三〇年（昭和五）　63歳

三重県鳥羽地方へ旅行し、朝熊山に登るなどして朝日のスケッチを描く。

一九三三年（昭和八）　66歳

十月　台湾美術展覧会の審査員として、三三年、三四年、三五年と台湾を訪れる。審査後、新高山や、台南、高雄など各地を旅行する。
一九三五年（昭和十）　68歳
五月　第十回朝鮮美術展審査委員として朝鮮へゆく。
一九三六年（昭和十一）　69歳
　関連事項
七月　新文展に反対して帝展を脱退した猪熊弦一郎、内田巌、小磯良平、佐藤敬、三田康、中西利雄らは新制作派協会を結成する。
一九三七年（昭和十二）　70歳
四月　岡田三郎助、横山大観、竹内栖鳳とともに第一回の文化勲章を贈られる。
五月　新京で開かれる満洲国皇帝訪日記念第一回満州国美術展の審査員を委嘱され、安井曽太郎、松林桂月と渡満。
その後、承徳から内蒙古のドロンノールへ足をのばし、ついに砂漠で地平線に上る朝日にであう。
一九四〇年（昭和十五）　73歳
九月　新制作派協会第五回展に出品。
十月　紀元二千六百年奉祝美術展に「蒙古高原」を出品。
一九四三年（昭和十八）
三月十九日　脳溢血のため本郷区曙町の自宅で逝去。享年七十五。二十三日に青山斎場で告別式。
一九四四年（昭和十九）
三月　遺言によりアトリエを撤去。残っていた作品約七十点を焼却する。

（隈元謙次郎、土屋悦郎、東俊郎、および植野健造が作成した年譜をもとに、この小説に関連する事項を長者町岬が採録した）

長者町岬（ちょうじゃまち　みさき）
1950年、東京に生まれる。東京芸術大学で美術史を学び、展覧会企画および芸術研究の道に進む。「アジアの潜在力」、「ブラジル先住民の椅子」「アジアのイメージ」などの展覧会を開催、94年に「素材の領分」展で倫雅美術奨励賞を受賞する。美術研究家としての著書に『明治の輸出工芸図案』、『工芸の領分』、『近代日本デザイン史』、『楽浪漆器』『工芸のコンポジション』などがあるが、2024年、初の小説『アフリカの女』を上梓。本書は2作目の小説作品となる。

田畑書店

台湾航路

同化政策にあらがった陳澄波と藤島武二

2025年2月25日　印刷
2025年3月10日　発行

著者　長者町《ちょうじゃまち》 岬《みさき》

発行人　大槻慎二
発行所　株式会社 田畑書店
〒130-0025　東京都墨田区千歳2-13-4　跳豊ビル301
tel 03-6272-5718　fax 03-6659-6506
装幀・本文組版　田畑書店デザイン室
印刷・製本　モリモト印刷株式会社

ISBN978-4-8038-0456-0 C0093
定価はカバーに表示してあります
落丁・乱丁本はお取り替えいたします